Author
海翔
Illustration
あるみっく
初めて女性メンバーとパーティとなった。
しかも俺以外、全員女性な
この状況でテンションが上がら
この世の中にいるだろうか、
いやいない。
モブから始まる
探索英雄譚 2
The story of an exploration hero who has worked his way up from common people

森山ミク《もりやま・みく》
同学年の中衛でちょっと
ミステリアスな少女。
サーバントである
カーバンクルをあやつる。
田辺光梨《たなべ・ひかり》
一歳年下の後衛で、
「ファイアボルト」と「アースウェイブ」
2種の魔法を駆使する。
あだ名はヒカリン。
スナッチ《カーバンクル》

じんぐうじ・あいり
神宮寺愛理
年上のお姉さんで
黒髪ロングヘアの大和撫子。
前衛で薙刀を武器としている。
海斗と春香の志望大学の
先輩でもある。

「ご主人様、恥ずかしいです……」
「なんでわたしだけカードに戻すんだよ！」
『鉄壁の乙女』は、俺を中心にしっかり作用している。
俺が考えた作戦は、シルが『鉄壁の乙女』を発動中、その場から動けないのであれば、俺がシルを運べばいいんじゃないかという事だった。

モブから始まる探索英雄譚2

海翔

HJ文庫
953

口絵・本文イラスト　あるみっく

2 The story of an exploration hero who has worked his way up from common people

CONTENTS

第一章 パーティ

「それではこちらが案内要項《ようこう》になります。当日までには目を通しておいてください」

「わかりました。土曜日にまたお願いします」

要項を見ると募集《ぼしゅう》人数は二十名と記されている。事前に提出する能力評価用のシートを元に三人から五人で日替《ひが》わりパーティを組み七階層にアタックして、攻略《こうりゃく》を目指すというものだ。

この前、真司《しんじ》と隼人《はやと》とパーティを組んだが、本当の意味では初となる、他の探索《たんさく》者とのパーティ戦。正直楽しみでしょうがない。

週末までまだ時間があるので、それまでは一階層でスライムを狩《か》って魔核《まかく》を貯《た》めておくことにした。

シルとの連携《れんけい》も手馴《てな》れてきたので、一時間あたり十個以上のペースをキープできている。一日三時間で平均三十五個程度を確保できており、今日までに百個以上を確保できているので、少し魔剣《まけん》バルザードの性能を試《ため》す事にした。

バルザードは射程が異常に短いので、使いにくく今まで碌《ろく》に使用していないが、未知の七階層に臨《のぞ》むにあたって、手持ちの武器は最大限活用できる態勢を整えておきたい。

まず一回に吸収できる魔核は三個、ここまでは検証済みだ。

次に魔核三個分で何回分の攻撃《こうげき》が強化されるかだ。

スライム相手に殺虫剤《さっちゅうざい》ではなく魔剣バルザードを使用してみる。

『バシュッ』

小さいとはいえさすがは魔剣。スライムが斬撃《ざんげき》と共に一瞬《いっしゅん》で消失した。

そのあともスライムに連続使用して何度効果が発揮されるか検証してみたが、六回目で普《ふ》通《つう》のナイフに戻《もど》ってしまっていた。どうやら三個の魔核で五回使用できるようだ。まあまあ悪くない。

次に、効果を検証。これはスライムではよくわからなかったので二階層のゴブリンを相手に検証してみた。

まず剣《けん》の長さが変化しないかと、魔《ま》法《ほう》の要領でイメージしたり色々やってみたが、一切《いっさい》変化なしだった。

その次に試したのが、よくアニメや漫画《まんが》で見る飛ぶ斬撃。これもイメージしたり、力を込めたりしてみたがダメだった。

斬撃がダメならと魔剣を思いっきり投げつけてみたが、全く上手《うま》く刺《さ》さらなかった。今度投げナイフの練習をしてもいいかもしれない。

最後に斬撃の威力《いりょく》だが、こちらは結構成果があった。

魔剣をモンスターに刺した瞬間《しゅんかん》に切るイメージを込めて振《ふ》るうと、ズバッと切断することができ、炸裂《さくれつ》するイメージを込めて使用すると、刺した周囲が爆散することがわかった。

接触《せっしょく》した状態であれば、斬撃の種類と威力はイメージに左右されて変化するようだ。

訓練次第《しだい》で凄《すご》い威力を引き出せる可能性がある。

問題は、この超近接《ちょうきんせつ》の魔剣を七階層のモンスターに刺す事ができるかどうかだ。

今回のイベントで出番があるかはわからないが、なかなか骨が折れるかもしれない。


遂《つい》に土曜日となり、俺《おれ》はギルドに集合している。

すでに参加者全員が集まって来ている。

参加者は二十名で男性十二名の女性八名だ。年齢《ねんれい》も何人かは結構上の人がいるようだったが、概《おおむ》ね十代から二十代ぐらいのように見える。

「それでは今から七階層攻略イベントを開始します。土日は終日行います。月曜日からは十七時から十九時までの二時間だけとなります。パーティの組み合わせは、事前にギルドの方で決めさせていただいております。土日は、お昼休憩《きゅうけい》を六階層で挟《はさ》みますので一日一パターン、平日は五日間共同じメンバーのみとなりますので、全部で三パターンの組み合わせとなります。それぞれ協力して、レベルアップと攻略を目指してください。それではこれがメンバー表となりますので確認次第《かくにんしだい》開始してください」

ギルド職員からアナウンスがあり、メンバー表を確認《かくにん》する。

今日のメンバーは『後藤《ごとう》、高木《たかぎ》、伊藤《いとう》、杉《すぎ》』となっていた。どうやら四人パーティらしい。

四人以上で潜《もぐ》るのが初めてなので、すごく楽しみだ。

メンバーで集まってみると、おじさん二人に俺ともう一人同い年ぐらいの男性のパーティだった。

なぜ八人も女性がいて一人もメンバーにいないんだ。しかも二人はおじさん……作為《さくい》を感じる。

まあ、ダンジョン攻略が目的だからいいんだけど。

四人で集まって、自己紹介《しょうかい》を済ませてパーティの戦略を練る。

おじさんの一人後藤さんが取りまとめをしたが、どうやらメンバー全員が前衛らしい。

俺の場合厳密には中衛な気もするが似たようなもんだろう。

前衛四人なので難しい事は省いて基本二人一組で各個撃破《げきは》することと決まった。

早速《さっそく》四人で六階層に転移して、そのまま七階層に潜った。

「ところで高木くん、君のメイン武器はなんだい？」

組むことが決まった伊藤さんが聞いてきた。

「今使ってるのは魔核銃《まかくじゅう》ですよ。近接だとたまにタングステンロッドを使う事もあります。結構盾《たて》役やる事も多いので、このシールドも使います」

「魔核銃か。高木くん、七階層のモンスターの事知ってる？」

「いや、潜る予定が無かったところを急に誘《さそ》われたんで、あまり調べてません」

「あ〜それでか。正直魔核銃では厳しいと思う」

普段《ふだん》なら未知の階層の情報は極力集めてから臨んでいたが、今回は突然《とつぜん》誘われたのと、イベントでパーティを組める事に安心してしまい、完全に情報収集を怠《おこた》っていた。

伊藤さんと会話をしている最中に七階層のモンスターが出現した。

出現したのはストーンゴーレム二体だった。

後藤さんが、戦闘《せんとう》開始を合図する。

「高木くん、私が倒《たお》すから、サポート頼《たの》む」

伊藤さんから指示が飛んでくる。

六階層であれば魔核銃ですぐにかたがついていたが、七階層は、やってみないとわからない。

とにかくストーンゴーレムに向かって魔核銃を連射する。

『カァ～ン』『キィ～ン』

「マジか……」

バレットはストーンゴーレムに命中して着弾《ちゃくだん》したものの、弾《はじ》かれてしまった。厳密に言うと少しだけ弾痕《だんこん》が残っているので、わずかばかりのダメージは与《あた》えたかもしれないが、ほぼ無傷だ。

ゴーレムも気にはなるようでこちらを窺《うかが》っている。

伊藤さんは横から攻撃しようとしているので、今度はタングステンロッドに持ち替《か》え、正面から思いっきりぶっ叩《たた》いた。

『グゥワキ～ン！』

「痛って～」

今度は強烈《きょうれつ》な衝撃《しょうげき》と共に完全に手が痺《しび》れてしまった。

やばい。攻撃が通じない。五階層とはまた違《ちが》う形で俺とは相性《あいしょう》が最悪だ。シルとルシェがいればどうにでもなるが、ここでは喚《よ》び出すつもりはない。

あと俺にできる事は、シールドと魔核銃を併用《へいよう》しての牽制《けんせい》しかない。

止まってしまう訳にはいかないので、即座《そくざ》に切り替えて魔核銃を、頭に向かって連射。

注意をこちらに向ける。

伊藤さんの武器は大型のハンマーだ。ストーンゴーレムの注意がこちらに向いている間に振りかぶってストーンゴーレムの頭をぶっ叩いて、粉砕《ふんさい》した。

隣《となり》では、後藤さんと杉くんが手分けして応戦しており、程なく撃破していた。

「高木くん。誘導《ゆうどう》助かったよ。お陰《かげ》でノーダメージで倒すことができた」

「ああ。はい、良かったです。ちょっと僕《ぼく》では火力不足のようなので今日は、妨害《ぼうがい》と、おとりをさせてもらいます」

「わかったよ。よろしく頼む」

口ではああ言ったが、悔《くや》しい。確かに妨害して有利には戦えていたが、前衛といっておきながら俺だけ攻撃面では戦力外。寄生とまでは言わないが悔しい。こんなはずじゃなかった。

その後もお昼休憩までに二回交戦して、同じようなパターンでモンスターを撃破した。

六階層ではレベルアップしなかったが、七階層のモンスターを倒すことで俺はレベル16になっていた。

こんなに嬉《うれ》しくないレベルアップは初めてだったが、どうしても、このイベントをこのまま終わるわけにはいかない。そう考えながら昼休憩を迎《むか》えた。

これが今の俺のステータスだ。

LV　16
HP　53
MP　35
BP　57
スキル
スライムスレイヤー
ゴブリンスレイヤー（仮）
神の祝福
ウォーターボール

BPが57にもなっている。モブだから役立たずでも仕方がないと言ってしまえばそれまでだが、このままでは、どうしても自分を納得《なっとく》させることができない。

六階層のコンビニで休憩している最中
「伊藤さん。お願いがあります。午後からの探索ですが、一度でいいので俺に前衛をやらせてください」

「え、だけど高木くんの武器じゃゴーレムに致命傷《ちめいしょう》を与える事は……」

「お願いします。無理ならすぐ、誘導役に徹《てっ》します」

「う～ん。そこまで言うなら再開したら最初の戦闘を任せるよ。無理だったら、すぐにチェンジだ」

「ありがとうございます。なんとかしてみせます」

お昼に、たらこおにぎりと梅干しおにぎりを食べて午後からの探索に備えた。

探索開始して程なく、ゴーレムのグループに遭遇《そうぐう》。

ストーンゴーレム二体とアイアンゴーレム一体のグループだ。

後藤さんから
「伊藤さんたちでストーンゴーレム一体を先に倒してくれ。残りの一体とアイアンゴーレムはこちらで受け持つ。あとで加勢してくれ」

と指示が出たので俺はストーンゴーレムを倒すことに集中する。

俺がこいつを倒すには魔剣バルザードを使うしかない。

ない。

素早《すばや》く懐《ふところ》に入って一閃《いっせん》。そんな芸当はできない。暗殺者のように気配を消して後ろからの一刺《ひとさ》し。そんな隠密《おんみつ》スキルも持ち合わせてはいない。

それでもやるしかない。

「伊藤さん、しばらくゴーレムの相手をお願いします」

伊藤さんにストーンゴーレムの相手をお願いしている間に、俺は盾を構えたままゴーレムに突撃《とつげき》。ではなくゴーレムの視界から外れるように大回りして横側に走った。そのままゴーレムの後ろに回って、ゴーレムが伊藤さんと戦闘している間に、できるだけ音を立てないように、距離《きょり》とタイミングを測りながら、少しずつ近づいた。最後に覚悟《かくご》を決めてゴーレムの背部に飛び込んで魔剣バルザードを突《つ》き出す。バルザードの刃《やいば》は、鈍《にぶ》い感触《かんしょく》と共に難なく刺さった。その瞬間、破裂《はれつ》するイメージを重ねる。

『ボフゥン』

ゴーレムの腹部が爆砕《ばくさい》し、同時にストーンゴーレムは消失した。

「なっ!?」

伊藤さんが、何か言いたそうな顔をしていたが、

「伊藤さん、後藤さん達《たち》の援護《えんご》に向かいましょう」

後藤さん達を見るとそれぞれが一体ずつのゴーレムを相手に、牽制と攻撃を繰《く》り返しているが、一進一退という感じで、致命傷を与えるには至っていない。

目配せで伊藤さんが後藤さんのサポートに入り、俺は杉くんのサポートに加わった。

先程《さきほど》と同じ様に杉くんを相手にしているストーンゴーレムの背後にコソコソ回り込み、距離とタイミングを測りながら飛び込んで、バルザードを一突《ひとつ》き。刺さった瞬間に破裂のイメージを重ねる。

『ボフゥン』

二度目もなんとかうまくいった。ゴーレムの意識が前方に向いていて後方への注意がそれていた事や、動きが鈍い等の要因はあるものの、午前中は、なす術《すべ》がなかった相手に対して完全に打ち勝つことができた。

隣に目をやると伊藤さんがハンマーで、アイアンゴーレムを粉砕していた。

伊藤さんのハンマーも普通のハンマーではないのかもしれない。

「高木くん、今のは一体なんだったんだ？　ゴーレムが弾《はじ》け飛んだぞ。小型のバズーカか何か隠《かく》し持っていたのか？　それにしては手持ちが無いようだが」

「あ〜あのですね、さっきのはこれです」

「それってステーキナイフ？」

「いや、ちょっと小さいけど一応魔剣です」

「えっ？　魔剣ってあの魔剣？　魔剣って実物は見た事ないけど、こんなに小さかったっけ」

「たぶんこれ最小の魔剣です。今まで射程が短すぎて、ほとんど使ったことがなかったんですけど、うまくいってよかったです」

「は〜驚《おどろ》いた。高木くん火力不足なのかと思ったらすごいの隠し持ってたんだね」

「いや、本当に隠してたわけじゃないんです。ただほとんど使った事がないんで、使える自信もなかったんです」

「高木くん、実はすごかったんだね。午前中は全然使えなかったから、すっかり騙《だま》されちゃったよ。人は見かけで判断しちゃダメだね。ところでその魔剣っていくらぐらいしたんだい？」

「売り物じゃなくてドロップなんですよ」

結局、褒《ほ》められているのかディスられているのかよくわからない感じになってしまったが、その後も順調にゴーレムを倒し、無事に初日を終えることができた。

　昨日に引き続いて今日も俺は七階層に潜っている。

今日のメンバーは岡田《おかだ》、高木、倉井《くらい》、本田《ほんだ》となっている。

なぜか今日も全員男だ……

やっぱり作為を感じる。

すでに俺を除く十一名の男性のうちの六名と組んでいる。なんか確率高すぎないだろうか。

まあ、今日も迷惑《めいわく》をかけないようにダンジョンに没頭《ぼっとう》しよう。

そうしよう。

今日のメンバーのうち岡田さんと本田さんは年上で倉井くんは一歳《さい》下だった。

今日も男性ばかりのせいか、前衛ばかりだ。ただし、昨日と違って倉井くんは盾役メインだそうだ。

案外今の俺のスタイルと合うかもしれない。

今日のリーダーは本田さんに決まったので、探索を開始する。

三十分ほど探索すると、ようやくモンスターに遭遇した。

アイアンゴーレム、ブラストゴーレム、ストーンゴーレムの三体だ。

「高木くんと倉井くんで、アイアンとブラストを引きつけてくれ。俺と岡田さんでストーンゴーレムを先にしとめる。そのあと加勢して撃破するぞ」

俺はアイアンゴーレムを引きつけることにしたが、正直ゴーレム相手に盾では怖《こわ》い。距離を取って移動しながら、魔核銃を発砲《はっぽう》する。

もちろん破壊《はかい》を目的とするものではなく、注意を引くために、俺から注意が逸《そ》れそうになる度に発砲した。

途中《とちゅう》向かってくるそぶりも見せたので、極力距離を取りながら注意を払う。

横では倉井くんが大型の盾を持ってブラストゴーレムに接近戦を挑《いど》んでいる。

挑んでいると言うか、盾を構えて近距離《きんきょり》で避《よ》けている。かすったりもしているが、正面から受けずにうまく流している。正直、ただ受け止めるだけの俺の盾の使い方とは全く比《ひ》較《かく》にならないので本当にすごいと思った。

二人で注意を引いている間に本田さんと岡田さんがストーンゴーレムを左右から一刀両断した。

すごい。剣で普通に切った。おそらく普通の鉄製とかではないのだろう。

ストーンゴーレム消失後すぐに合流して二対一の状況《じょうきょう》を作った。

俺は岡田さんとアイアンゴーレムの相手だ。

昨日と同じように大回りに側面を回りこもうとするが、ゴーレムも追ってきてしまった。

魔核銃で牽制しながら、盾を構えてとにかく距離をとり、被弾《ひだん》しないように蛇行《だこう》しながら後退する。

『ブォ～ン！』

ゴーレムのパンチが体の脇《わき》を通り過ぎて、ものすごい風切り音がする。正直こんなのを食《く》らったら、盾を持っていたとしてもただでは済まないだろう。それこそ生身に食らったらひとたまりもない。

焦《あせ》りながら避け続けていると背後から岡田さんがゴーレムを斬った。

その瞬間ゴーレムは胴体《どうたい》からずれて、そのまま消失した。

今回は、結果的に俺がおとり役になって倒すことができたので、まあ良かったが、ちょっと肝《きも》が冷えてしまった。

倉井くんの方を見ると、こちらと同じように倉井くんがおとり役で攻撃を避けながら、背後から本田さんが斬《き》り伏《ふ》せていた。

やっぱり倉井くんはうまい。それに本田さんも、なんか侍《さむらい》みたいでカッコいい。ちょっと憧《あこが》れる。

次に向かう際に他のメンバーには、金属系のゴーレムが出現した場合、俺にやらせて欲《ほ》しいとお願いをしておいた。魔剣バルザードが金属系のゴーレムにも通用するか、一度試《ため》しておきたかったのだ。

うろうろ四人で探索していると、上手い具合にアイアンゴーレム二体が出現した。

早速左側のゴーレムを相手にする。

お願いしておいたので、岡田さんが先に近づいて牽制してくれる。

その隙《すき》にアイアンゴーレムの背後に回りこむ。さすがは岡田さん、完璧《かんぺき》に注意を引いてくれているようで、ゴーレムが全くこちらを気にする様子がない。

俺はできるだけ気配と音を消し、一気に距離を詰《つ》め魔剣バルザードで一突き。そのまま今度は叩き切るイメージを重ねて横薙《よこな》ぎにバルザードを振るった。

『ズッ、ズズッ』

バルザードの一突きは、アイアンゴーレムの躯体《くたい》を全く問題とせず、そのままゴーレムの胴体がずれて消失してしまった。

「おいおい、なんだよ。何をしたんだ？　そのステーキナイフは一体なんなんだ？　反則だろ」

岡田さんが声をかけてきた。

隣で戦闘を終了《しゅうりょう》させた本田さん達も合流してきた。

「そのステーキナイフそんなにすごいのか？　今度は俺と組んでくれ。実際に威力を見てみたい」

そう言われて今度は本田さんと組むことになり、そのまま次に出てきたブロンズゴーレムを相手にすることになった。

本田さんが威嚇《いかく》してくれている間に後方に回り込む。今度も本田さんが上手いのか、ゴーレムは俺の事を全く気に留める様子がない。

いける感覚があったので、そのまま近づいて一突き、イメージは破裂。

『ボフゥン！』

ブロンズゴーレムの腹が弾け飛んだ。

「おおっ。すごいなそのステーキナイフ。いったいどこで売ってるんだ⁉　なんかかっこ悪いけどかっこいいいな。私も欲しい！」

「一応ドロップアイテムなんで売ってないです」

「う～ん残念だな。なんかそれで戦ってたら二つ名がつきそうだな」

「え？　二つ名ですか？」

「そうだな～。暗殺ステーキナイフくんなんてどうだ？　いや、サイレントステーキカッター、爆裂《ばくれつ》ステーキナイフボーイなんていいかもな」

なんて酷《ひど》いネーミングセンス。

絶対に呼ばれたくない。すでにスライムスレイヤーという嬉しくない二つ名を持っているのだからもう十分だ。

その後も一日、モンスターを相手に戦って日曜のイベントは終了した。

月曜日の放課後、俺はギルドに集合してパーティメンバーを確認した。

神宮寺《じんぐうじ》、高木、森山《もりやま》、田辺《たなべ》の四人構成だ。そしてなんとこのイベントで初めて女性メンバーとパーティとなった。しかも俺以外、全員女性なのだ。このメンバーで週末まで七階層に潜ることになる。

昨日までが嘘《うそ》の様に心の中が晴れ晴れとしている。生まれて初めて人間の女性とパーティを組む、この状況でテンションが上がらない男はこの世の中にいるだろうか、いやいない。

早速自己紹介をしてダンジョンに行こうとするが、まずリーダーは俺が務めることになった。

そしてなぜか女の子達の発案でメンバー同士名前で呼び合う事となった。さすが女の子が三人集まるといつもと違う。

神宮寺愛理《あいり》……あいりさん。二つ年上のお姉さん。大学生らしいが前衛で薙刀《なぎなた》を武器としている。黒髪《くろかみ》ロングヘアの大和撫子《やまとなでしこ》だ。

森山ミク　……ミク。同学年らしい。中衛？　武器もよくわからないが、何かあるらしい。髪の色と服装が特徴的な美少女だ。

田辺光梨《ひかり》　……ヒカリン。一歳年下。後衛でなんと魔法が使えるらしい。色白な小動物系で結構可愛《かわい》い。

俺の分析《ぶんせき》はこんな感じだ。とにかく今までとは違う緊張《きんちょう》感を持って、七階層に挑む事になった。

とりあえず、前衛をできるのが俺とあいりさんしかいないので、俺がミクとあいりさんがヒカリンと組む事になった。女の子の前で無様な姿は見せられないといつも以上に気合が入る。

しばらく探索するとストーンゴーレム二体と遭遇した。連携を確認するにはうってつけの相手だ。

昨日までと違い、女の子をおとりに使うのも気が引けるので積極的に前に出ようと思う。

「それじゃあミク、油断せずに行こう、俺が前に出るから」

「うん。ちょっとまって」

そう言ってミクが取り出したのは……

まさかサーバントカード⁉

「ミク、それってもしかして……」

「来てスナッチ」

ミクの召喚《しょうかん》に応じて現れたのはイタチ。いや頭に赤い宝石が埋《う》まったあれはカーバンクル⁉

おお～俺以外でサーバントカードを使ってるのを初めてみた。しかも動物型だ。テンションが上がる。

こいつ、小さいしあんまり強そうじゃないけど、サーバントだからやっぱり強いのか？

そう思って観察していると、スピード系なのか結構素早く動いている。動きながらなにか攻撃しているようだ。

見えないなにかがストーンゴーレムに時々、炸裂している。

おそらく風系の魔法かスキルじゃないだろうか。

ただ、威力が弱いのかストーンゴーレムは僅《わず》かに傷がついている程度だ。どう考えても倒せそうにない。

俺はすぐに頭を切り替えて、ゴーレムの側面から背後に回る。

カーバンクルがちょこまか攻撃しているせいで、全くこちらに気づいていない。

少し慣れてきたので、特に気負う事なくゴーレムの後ろまで近付いてバルザードを一突き。いつものように破裂のイメージを重ねる。

『ボフゥン』

炸裂音《さくれつおん》とともにストーンゴーレムが弾けて消失した。

すぐに隣に目をやると、あいりさんが、もう一体を薙刀で滅多《めった》切りにしていた。

なんか動きが速いし、素人《しろうと》っぽくない。すごいな。

まもなくストーンゴーレムは消失した。

「海斗《かいと》、ちょっとすごくない？　なにさっきの、ステーキナイフでゴーレムが吹《ふ》き飛んだんだけど⁉　海斗って凄腕《すごうで》のコックさんだったの？」

「いや、違うけど。そもそもステーキナイフじゃないし」

「コックさんじゃないなら、忍者《にんじゃ》でしょ。ＮＩＮＪＡ。ふらふら後ろから近づいて一撃《いちげき》だもんね。すご〜い」

「忍者でもないけど。それよりさっきのあれサーバントカードじゃないのか？　ドロップで手に入れたの？　それってカーバンクルでしょ？　どんな能力があるんだ？」

興奮して矢継《やつ》ぎ早《ばや》に質問してしまった。

「うん。これサーバントカードだよ。探索者になる時にダンジョンマーケットでパパにプレゼントしてもらったの。可愛いから、カーバンクルにしちゃった。能力はね『かまいたち』。風の刃で相手を切り刻むんだけど、ゴーレムには相性が悪いからイベントに参加したんだ」

「パパ……」

「パパって本当のお父さんだからね」

「お金持ちなんだね……」

カーバンクルを買ってくれるパパ。うらやましい……

俺はその後もミクとペアを継続《けいぞく》して三組のゴーレムを撃退《げきたい》した。

ミクが直接戦闘に加わることは無く、カーバンクルが頑張《がんば》っていたが、まあそれもありかなと思う。

しかし、カーバンクルを購入《こうにゅう》とは驚いた。世の中にはお金持ちがいるもんだと妙《みょう》に感心してしまった。

ただ同じサーバントでもうちのシルとルシェは特別だというのがよく分かった。正直強さの桁《けた》が違う。

この日はそれで解散して、三人と火曜日の放課後にまた待ち合わせをした。

全くリア充《じゅう》ではないが、リア充気分を少しだけ味わえて大満足の一日だった。

しかしリア充パーティを組んでいる奴《やつ》は毎日がこんな感じなのか。正直うらやましい。

次の日の放課後にダンジョンの入り口で落ち合い再アタックする。

今日はヒカリンとのペアだ。小動物系で結構かわいい。

「ヒカリンは後衛なんだよね。魔法が使えるって聞いてるけど、何の魔法が使えるのか聞いといていいかな」

「はい。わたしが使えるのは『ファイアボルト』と『アースウェイブ』なのです」

「え？　二種類も魔法が使えるの？　それって結構すごくないか？」

「いえ。探索者を始める時にパパが珍《めずら》しい色のマジックジュエルを買ってくれて、使ってみたら『ファイアボルト』だったんです。『アースウェイブ』はレベルアップした時に覚えました」

「パパ……」

「変なパパじゃないのですよ。本当のパパですから」

「お金持ちなんだね……」

昨日も同じようなやりとりをした記憶《きおく》がある。

もしかして女の子でここまで潜れている子達は、お金持ちの子供でサポートをしっかり受けている子が多いのかもしれない。

気をとりなおして、探索にかかるとすぐに三体のゴーレムに遭遇。

「俺が順番にしとめるから、足止めお願い」

ヒカリンが『アースウェーブ』を発動する。地面が沼《ぬま》のようになり、アイアンゴーレムが動けなくなった。

そこに『ファイアボルト』を発動。

雷《かみなり》をまとった炎《ほのお》の玉がゴーレムを直撃《ちょくげき》する。

シルやルシェとは比べるまでもないが、単純にすごい。ただ、カーバンクルと同様に威力が足りず、深手を負わすことはできていない。

俺はヒカリンが攻撃している隙にゴーレムの背後から魔剣バルザードを一閃。ぶった斬るイメージで一気にかたをつけた。

次にミクの相手に向かうとすでにヒカリンが『アースウェイブ』を発動しており、身動きできなくなったストーンゴーレムをカーバンクルが一方的に攻撃していた。

今度もぶった斬るイメージで背後からバルザードで一閃。問題なく消失させた。

最後にあいりさんの敵を消滅《しょうめつ》に向かう。

ここでもすでにヒカリンが『アースウェイブ』を発動させており、動けなくなったアイアンゴーレムを、あいりさんが滅多《めった》斬《ぎ》りにして消滅させていた。

最後は俺の出番が全くなかった。

「ヒカリンすごいな。魔法の使いどころと使い方が上手い。でも、そんなに連発してMP大丈夫《だいじょうぶ》なの？」

「はい。もともと人よりMPが多いみたいなのです。なので一日ぐらいは、大丈夫なのです」

「多いってどのくらいか聞いても大丈夫？」

「はい。今のMPは75なのです」

75⁉　俺のおよそ倍だ。

個人差ってこんなにあるものなのか……

最近、神の祝福の補正でかなりMPも増えてきたつもりだったが、比較にならない。

魔法の手際《てぎわ》といい適性があるのだろう。彼女《かのじょ》のような子を魔法使《まほうつか》いと呼ぶのだろう。

その後も四回ほど交戦したが、ヒカリンの活躍《かつやく》の仕方は尋常《じんじょう》ではなかった。

『アースウェイブ』がとにかく今回の戦闘で効きまくっている。

重い体躯《たいく》のゴーレムは避けることができず、効果を発揮すると一切身動きが取れなくなっていた。

直接的な攻撃力《こうげきりょく》が低くても、補助役としての彼女の有用性は群を抜《ぬ》いている。

敵がゴーレムでなければ『ファイアボルト』の威力もかなりのものなので、直接攻撃もいけるのだろう。

見た目も年齢も俺より小さいのに本当にすごい。魔法特化型だし、小動物的な風貌《ふうぼう》で、魔法少女ヒカリンとして売り出せば結構売れそうな気がする。


水曜日の放課後も四人で七階層に潜っている。

今日はシャッフルしてあいりさんと組んでみようと思うが、前衛二人が一緒《いっしょ》に組むという事は必然的に四人ワンセットで戦うことになる。今まではずっと二人組で各個撃破してきたが、今回は別れずに四人で戦うことになる。初めてのパターンなので混乱しないよう、イレギュラーに備えていくつかのパターンを打ち合わせしておく。

基本パターンはヒカリンの『アースウェイブ』を軸《じく》にしてあいりさんと俺で速攻《そっこう》をかける。その間他の敵はカーバンクルに足止めをしてもらう感じだ。数が多かったり、速攻に失敗した場合は二人組に分かれてしっかり立て直しを図《はか》ってから、各個撃破に切り替える。

一通り打ち合わせを終え、探索《たんさく》を開始するがなかなかゴーレムに遭遇しない。

「海斗は普段ソロで潜っているのか？　昨日までを見てると、背後からの強襲《きょうしゅう》スタイルのようだけど、誘導役がいないときつくないのか？」

あいりさんが歩きながら聞いてくる。

「いや、一応、前衛は前衛なんですけど、普段は魔核銃で中距離攻撃《ちゅうきょりこうげき》メインなんですよ。ゴーレムが硬《かた》くて歯が立たなかったんで、この階層に来てから、普段あんまりやらない近接戦闘に切り替えたんですよ」

「そうなのか。それにしては背後からの強襲が妙に板についていたようだが。それとあの武器はなんだ？　見た感じステーキナイフのようだが、とんでもない威力じゃないか。どこで売ってるんだ？」

「あ〜それ私も気になってたんだよね。パパに頼んで一本買ってもらおうかと思ってたんだけど」

ミクも一緒になって聞いてくる。

「いや、あれはステーキナイフじゃなくて一応魔剣《まけん》なんです。買ったんじゃなくてドロップしたんですよ。それはそうと、あいりさんの薙刀もすごくないですか？　ゴーレムを滅多斬りじゃないですか」

「ああ。探索者になる時に父が買ってくれたんだ。もともと薙刀は小さい頃《ころ》から習っていたからな」

「父……」

「ああ見た目はあれだが優《やさ》しい父なんだ」

「お金持ちなんですね……」

このやり取りも三回目だ。どうやら三人ともお金持ちのお嬢《じょう》さんらしい。まあ三人とも魅力的《みりょくてき》だから俺《おれ》が何も言うことは無いのだが、俺は自分で貯《た》めたお小遣《こづか》いと、木刀だけでスタートしたと言うのに……

世の中不公平だと今更《いまさら》ながら痛感する。

しかし今は同じ土俵に立てている事を自分で褒めてあげたい。

そうこうしているうちにゴーレム二体のグループに遭遇した。

打ち合わせ通り、ヒカリンが『アースウェイブ』を発動。

その間にあいりさんと俺がブロンズゴーレムに向かっていき、正面からあいりさんが牽制を仕掛《しか》ける。

動けなくなったゴーレムに、薙刀の少し長めのリーチを活《い》かしてうまくダメージを与えていく。

ゴーレムがもがいているのを横目に、す〜っと後ろに回り込みそのままバルザードを一閃。ゴーレムを爆散させた。

直ぐに隣のゴーレムにあたるが、すでにヒカリンの『アースウェイブ』が発動しており、ミクのサーバント、カーバンクルのスナッチが攻撃《こうげき》を繰り返している。

戦闘の合間を縫《ぬ》い後ろに回り込んでバルザードを一閃。アイアンゴーレムを消滅させる事に成功した。

「やっぱり海斗って忍者っぽいな。妙に気配が薄《うす》いし」

「やっぱりそうですよね。気配が消えるというか、するするっと後ろに回り込んでドカンですし」

「わたしもそう思うのです。なんか気がついたら後ろに回り込んで一瞬《いっしゅん》で相手を葬《ほうむ》ってますから、忍者かなにか特殊《とくしゅ》なスキルがあると思うのです」

「いや、特にスキルも持っていないし、忍者っぽい能力も持ってないよ」

「それじゃあ、あの気配が消える感じは一体……」

「普通《ふつう》あんな風にモンスターの後ろに回り込めないでしょ」

「忍者じゃないなら暗殺者？」

「いや暗殺者って。犯罪者みたいだし勘弁《かんべん》してよ。俺はいたって普通。ノーマルだから」

そうは言ったものの、よく考えてみるとイベントが始まってから背後に回ってバルザードでしとめるパターンがよくはまっている感じはする。

三人もこう言っているし、気配が薄いのかもしれない。

しかし本当に特別なスキルがあるわけではないので、ナチュラルに気配が薄いのか？

もしかしたら、気づかないうちにモブの特性が戦闘に活かされているのかもしれない。

ちょっと複雑だ……

家に帰ってからもナチュラルに気配が薄い件は頭から離《はな》れなかったものの、翌日も昨日と同じように四人で七階層に潜《もぐ》っている。

さっそく四体のゴーレムに遭遇したので、交戦する。

さすがに前衛二人でゴーレム四体は結構きついので戦略的に動く。

「一番左から『アースウェイブ』を頼《たの》む。ミク、スナッチに左から二番目を見てもらってくれ。一番右端《みぎはし》は、俺が牽制しとくから、右から二番目をあいりさん、足止めお願いします。足止めの間に俺がしとめます」

指示と同時にそれぞれが役割を果たそうと動き出す。月曜日からの四日間でかなり意思疎《そ》通《つう》と連携《れんけい》が取れてきたので、スムーズな動き出しだ。

俺は魔核銃《まかくじゅう》を一番右のストーンゴーレムに向けて連射して牽制。それと同時に隣のゴーレムの後ろにス～ッと回り込む。時間をかけられないのであいりさんが薙刀で注意を引いてくれている間に躊躇《ちゅうちょ》せず背後に飛び込んでバルザードを一閃。一気に消失させた。そのままますぐにあいりさんは、右端のゴーレムと相対して、俺は『アースウェイブ』にはまっている一番左のアイアンゴーレムの後ろまで回り込んで一気にしとめた。

隣のゴーレムはヒカリンの『アースウェイブ』が発動しており、スナッチが牽制してくれているので、しばらくは問題なさそうだ。俺は、そのままあいりさんが相手にしているブロンズゴーレムの方に回り込んで、後ろから一閃して消失させた。

最後は、スナッチの相手にしているストーンゴーレムだけだが、あいりさんが自分でしとめたいと言うので、譲《ゆず》ることにした。

あいりさんの薙刀捌《なぎなたさば》きは、本当に絵になる。俺と違《ちが》って流れるような動きで無駄《むだ》が無い。

あっという間に、滅多斬りにして消失させてしまった。喋《しゃべ》り方《かた》もだが武道の経験者かなにかだろうか？

四体のゴーレムも難なく倒《たお》してしまった。このメンバーは思いの外《ほか》、相性《あいしょう》がいいのかもしれないな。俺も含《ふく》めて前衛の火力がちょっと足りないが、ゴーレム系でなければカーバンクルがもっと活躍してくれるので、結構バランスがいいような気がする。

そんな事を考えながら、次に向おうとするとミクが話しかけてきた。

「海斗、私たち四人パーティって結構上手《うま》くやれてるわよね。そう思わない？」

「ああそうだな。結構順調じゃないかな」

「実は、私たち三人で昨日話し合って、このイベントが終わっても三人でパーティを組むことにしたの。それで海斗って普段《ふだん》ソロで潜っているのよね」

「ああ、まあそうだけど」

「もしよかったら海斗も一緒に組まない？」

「え⁉　俺？　えっ？　なんで俺？」

「私達、今までいろんな人と臨時パーティ組んだり色々してきたんだけど女の子が少なくて、なかなかメンバーが決まらなかったんだけど、今回の三人なら上手くやれると思って。それと海斗、あなたって普通でしょ？」

「まあ、多分普通だと思うけど」

「普通って大事なの。今回も土日は違う男の人達とも組んだんだけど、戦闘狂《せんとうきょう》だったり、マッチョだったり、ちょっと無理な人ばっかりで。おまけに組むと絶対連絡先《れんらくさき》聞かれたり、付き合ってる人はいるのか聞いてきたりで、必ず誘《さそ》ってくるのよね。それが海斗は一切《いっさい》そんなことがなかったでしょ。戦闘力《せんとうりょく》も見かけによらず、結構あるし、指示が結構やり易《やす》いから、三人で相談して一緒にどうかなって話になったのよ」

　言われてみれば、たしかに、イベント中俺は彼女達《かのじょたち》のプライベートには殆《ほとん》ど触《ふ》れてこなかった。探索者の女性は少ない上に、彼女たちはそれぞれ、魅力的だ。たしかにいろんな誘いがあってもおかしくない。お嬢様《じょうさま》だし。

俺は、そんな発想がなかった……

女の子とパーティ組むのも初めてだし、そもそも三人もの女の子とパーティを組んでそんなことに気を回す余裕《よゆう》がなかった。

「どうかな？　来週以降も私達と正式にパーティ組まない？」

「俺なんかでいいのかな？」

「普通って希少なのよ。海斗がよければお願いしたいのよ」

「うーん。正直、誘ってくれてめちゃくちゃ嬉《うれ》しい。考えてもなかったからビックリしたよ。実は三人の事は実際に組んでみて俺も相性がいいかなとは感じてたんだ。ただ、ちょっと考えさせてくれないかな。俺にも色々事情があってすぐには決めれないんだよ。本当にごめん」

「そうだよね。私達は急がないから答えが出たらまた連絡《れんらく》ちょうだい」

そう言ってミクから連絡先を書いたメモを渡《わた》された。

これは夢なのか？

俺の人生でこんな事がおこっても大丈夫なのか？

なんか落とし穴はないか？

本当に大丈夫なのか？

色々考えてみても、全く分からなかったが、三人とパーティを組むという事は、いずれシルとルシェを見せるという事だ。

三人の事だから大丈夫だとは思うが、幼女二人を使う俺……

大丈夫だろうか？

そもそも、最近シルから春香《はるか》さんについて突っ込まれたばかりだ。あの時のシルとルシェの態度も微妙《びみょう》だった。正直あの二人がうまくやっていけるか自信がない。

う～ん。飛び上がるほど嬉しい誘いだけど、慎重《しんちょう》に判断しないと大変なことになる気がする。よく考えてから慎重に返事をしよう。


俺は今日も七階層に潜っている。

イベント最終日の昨日で四人で潜る最終日となった。

連携も取れ、サクサクゴーレム狩《が》りも進み本当に楽しかった。

目的である八階層の階段前までたどり着く事もできたので、無事解散となった。

解散の際に、ミクだけでなくあいりさんとヒカリンの連絡先もいただき、

「「「またね」」」

と三人から言われた。

本当に人生予測できないことが突然《とつぜん》起こるものだ。

今日は、昨日までのメンバーではなく一週間振《ぶ》りに、シルとルシェと潜っている。

昨日までのメンバーも本当に楽しかった。しかも今後も誘ってくれて夢じゃないだろうかとさえ思う。

しかし、やっぱりシルは落ち着く。俺の心のオアシスだ。

ルシェは……まあいないと寂《さび》しい。

シルのおかげですぐにモンスターと遭遇《そうぐう》した。

ゴーレム三体だが、ここでちょっと迷いが生じてしまった。先週一週間は常に誰《だれ》かと組んで、ゴーレムの注意を引いてもらっている間に俺が背後からしとめていた。しかし、今のメンバーだと幼女二人に囮《おとり》役をやらせるわけにはいかない。今までのパターンが身についてしまっていてなにも考えてなかった。

考えろ俺。どうするのが一番いい？　三人が一番活《い》きる方法。

「シル、一番左のゴーレムに『神の雷撃《らいげき》』。ルシェ、真ん中のゴーレムに『破滅《はめつ》の獄炎《ごくえん》』だ。俺は一番左を受け持つから、先に片付いた方から加勢を頼む」

「はい。かしこまりました。やっぱりご主人様と一緒だとうれしいです」

「ああ、久しぶりだからな。思いっきりやらせてもらうぞ」

俺は指示のあと一番右のゴーレムに対して魔核銃を発砲して注意を引く。一定以上の距《きょ》離《り》を保ち魔核銃をタイミングを見計らって再度発砲《はっぽう》。

俺の役目は囮と時間稼《かせ》ぎ。強力な火力を持つ二人に攻撃を任せて俺は裏方に徹《てっ》する。これが七階層での最適解だと思う。

とにかく安全マージンだけを意識しながら牽制《けんせい》していると目の前のアイアンゴーレムが

『グヴオージュオー』『ズガガガーン』

炎と雷の閃光《せんこう》に包まれて一瞬にして消失してしまった。

「お前達《たち》やりすぎだろ。二人とも頑張ってくれるのは嬉しいけど、二人同時攻撃はどう考えてもやりすぎだ」

「いえ。どうしてもご主人様のお役に立ちたかったので、ちょっと張り切ってしまいました」

「ずっと出番がなかったから、戦いたくてうずうずしてたんだよ。我《が》慢《まん》してたんだからこのぐらい、いいだろ」

まあ、やる気満々で頑張ってくれてるわけだからいいんだけど、やっぱりこの二人の攻撃力は、半端《はんぱ》ないな。

本当に一瞬で片がついてしまう。ちょっと久しぶりの感覚だ。バルザードを使って少しばかり自分の攻撃力も上がったなと感じていたが、全く比較にならない。この二人と一緒だと自分がまだまだなのを痛感してしまう。これからも、もっと頑張ろう。

色々考えているうちに、次のゴーレムに遭遇した。今度は四体のグループだ。

「シル、ルシェ、さっきと同じ要領で行くぞ。左から二体は俺が引きつけるから、右の二体を先に頼む」

そう言って俺は左側の二体に魔核銃を連射しながら、シルたちとは違う方向に誘導《ゆうどう》していく。いくらノロくてもあの巨体《きょたい》が二体迫《せま》ってくるとかなり怖い。

なので距離が詰まったら全力で走って距離を稼ぐ。

興味がそれかけたところを見計らって、魔核銃を発砲。これを繰《く》り返すうちに
『グヴオージュオー』『ズガガガガーン』

一瞬でゴーレム二体が消し飛んだ。

「ねえルシェ、ご主人様なんか手慣れてない？　私たちの出番がなかった間に、指示も少し早くなってる気がするんだけれど」

「シルもそう思うか？　なんか妙に自信がついてるというか。いい事なんだろうけど、ちょっと怪《あや》しいな」

「怪しいって、どういう意味なの？」

「いや、今まであれだけうにゃうにゃしてたのに、しばらく間が開いた途端妙《とたんみょう》に自信がみなぎってる。あれは恐《おそ》らく、女だな」

「え？　女の人ですか？　以前の春香様という方でしょうか？」

「いや、そこまではわからないが、なんか臭《にお》うな」

「ルシェ、負けないように二人でもっと頑張るのですよ。一緒に頑張りますよ」

「ああ、わかってるって」

またシルとルシェがコソコソ話している。

ちょっと前から時々見かける光景だ。

触《さわ》らぬ神に祟《たた》りなしと言うから、できる限りスルーするしかない。


今日は新たな力を開発する為《ため》に一階層の端《はし》にある何もない広い場所に来ている。

七階層をシルとルシェと一緒に回って、ゴーレムを何度か倒しているが、あくまでも俺は誘導役に徹している。

徹していると言うよりそれしかできない。

魔核銃は威力《いりょく》が足りない。バルザードは射程が短い。『ウォーターボール』も効果が薄い。割り切って、裏方に徹してはいるものの、どうにかして直接的に俺も活躍したい。そう考えていつもの訓練スペースへ来ている。

何をどうすればいいのか漠然《ばくぜん》とすら思いつかないができることをいろいろやってみるしかない。

ギルドイベントで気がついたのだが、参加者の中でも俺はあんまり強い方ではなかった。技術があるわけでもなく、力が突出《とっしゅつ》しているわけでもない。

シルとルシェとダンジョンを回る事によって飛躍的《ひやくてき》にレベルとステータスは向上したが、戦闘《せんとう》技術が向上したわけではなかった。同レベルまで達した探索者と比べて圧倒的《あっとうてき》にスライム以外のモンスターとの戦闘経験が不足しているのだと解《わか》った。

技術と経験はすぐには身につかない、であればどうにか頭と既存《きぞん》戦力を使って差を埋めるしかない。

まずは、メイン武器の魔核銃だが、強化できないだろうか？

とにかく連射してみるが、マガジンの関係で十発で一旦終了《いったんしゅうりょう》してしまう。同じところを何度も撃《う》てないかとやってみたが、止まっている的にすら同じところに当てるのは難しかった。まして、動く敵相手には至難の業で、俺にはできない。

次に同じ玉なので、魔核銃の弾《たま》に『ウォーターボール』がのせられないかとやってみたが、撃つスピードと詠唱《えいしょう》のスピードが違いすぎるのと、そもそもの飛行スピードが違うのでこれも失敗に終わった。

次に『ウォーターボール』の強化を考えてみた。

これについては以前も水の時にやったので、それを氷に置き換《か》えてやるだけだ。

問題なくスピードは変えることができる。

形もある程度変えることはできた。ただどんなにイメージしてみても本来の氷の強度以上に硬くすることはできなかったので、今のアイスジャベリンを大きく超《こ》える成果を得る事はできなかった。

最後に残されたのが魔剣バルザードだ。腐《くさ》っても魔剣、この超近接《ちょうきんせつ》武器でなんとかできないだろうか？

まず最初にやったのは投げナイフの要領で投げる事だ。

勿体無《もったいな》いので魔核《まかく》を吸収させずに都合百回以上は投げてみたがうまくいかない。どうしてもうまく垂直に刺《さ》さらない。もしかしたら投げナイフ専用のナイフとかあるんだろうか。数回だけうまく刺さったものの動く相手に使えたものではない。

それでは、正面から体術で近づいて一撃でしとめる。考えるだけでもカッコいい。まさに忍者か暗殺者の御業《みわざ》だろう。

これについては、スライム相手や、イメージだけではどうにもならないので二階層に潜ってゴブリン相手に訓練を積んでみた。

結論から言うと、回数を重ねる事でゴブリン相手ならなんとかできるところまでにはなった。しかし、ゴブリンとゴーレムでは射程が違う。おまけに一撃の威力が違うので万が一にも失敗できない。

失敗イコール即死《そくし》となりかねない。

これもゴーレムには使えなかったが、ゴブリン相手に、この戦法でなんとかなっている自分の成長を感じられてちょっと嬉しかった。

そして最後に試《ため》したのが、魔剣の強化。簡単に言うと射程距離《きょり》の延長を考えた。

魔核を三個以上吸収できないか、いろいろやったが無理だった。次に刺した瞬間《しゅんかん》のイメージで威力が変わるので、イメージでどうにかならないかやってみたがダメだった。

最後に考えたのは『ウォーターボール』を魔剣に重ねることができないかだ。

魔剣の魔《ま》は悪魔《あくま》の魔かもしれないが、魔法《まほう》の魔でもある。本質的に同系統のものなのであればなんとかならないのかと考えたのだ。

まずバルザードを構えて

『ウォーターボール』

うん。ふつうに飛んで行った。

『ウォーターボール』

今度は手元めがけて飛んできた。危ない。

うまくいかない。多分イメージの問題だな。

『ウォーターボール』

今度は剣《けん》の先から射出された。ちょっと違う。

剣の刃《やいば》として定着するイメージ。バルザードを持っている持ち手から伝播《でんぱ》するイメージを固めて
「『ウォーターボール』　おおっ！」

今度は、イメージに近いものになった。氷の刃がバルザードの刃に重なり伸《の》びた。先だけ伸びたので重くなりそうなものだが、そもそも魔法だし、もともと飛んでいくようなものなので不思議と重さは殆ど変わらなかった。

マジックアイテムによる拘束《こうそく》だが、発動の瞬間は拘束されるようだが、バルザードと一体化したタイミングで拘束が解けた。

ブンブン振《ふ》ってみると問題なく使えているが、二十秒ぐらいすると氷の刃は消失してしまった。

永遠に魔法を顕現《けんげん》させることはできないので、一発分で二十秒がリミットのようだ。

射程が伸びたところで氷の強度しかなければ意味がないと思いながらゴブリン相手に試《ため》し斬《ぎ》りしてみる。

『ズズッ』

バルザード単体で使った時と同じような感覚があり、破裂《はれつ》のイメージを重ねる。

『ボフゥン！』

この感じ完全にバルザードだ。バルザードと同じ能力だ。

おそらく発動時は普通の『ウォーターボール』だがバルザードと一体化した時点でバルザードの特性を持つのだろう。拘束が一瞬で解けるのもそれが理由だろう。

その後も何体かで試してみたがイメージ通りの効果を得ることができた。

俺は遂《つい》に魔法剣《まほうけん》、いや魔氷剣とでも言うべき武器を手に入れてしまった。これでゴーレム相手でも戦えるのではないだろうか。

ただし、一回の使用で、バルザード分の魔核とウォーターボール分のＭＰの両方がかかるので、すこぶる燃費が悪い。

明日からまた一階層でスライムの魔核を集めないといけないな。

魔氷剣を開発してから二日が経過し俺達《おれたち》は三人で七階層に潜っている。

今日の目的はついに魔氷剣を使用しての実戦、ゴーレムの撃破《げきは》が目的だ。

これができれば、もう七階層には用がないので八階層に進もうと考えている。

「シル、ルシェ、俺は魔氷剣を使ってみるから、ダメなら援護《えんご》を頼むな」

ゴブリン相手には効果は実証済みだが、ゴブリンとゴーレムでは格が違う。やってみないと通用するかわからない。

「ご主人様、正面に三体反応があります」

しばらく進むと、アイアンゴーレム二体とストーンゴーレム一体のグループに遭遇した。

「シル、『神の雷撃』で右のアイアンゴーレムを頼む。ルシェは『破滅の獄炎』でストーンゴーレムを頼む。俺は左のアイアンゴーレムを相手にする」

俺はアイアンゴーレムに近づきながら魔剣バルザードを正面に構える。

二十秒という時間制限があるので、距離を慎重に測りながら

『ウォーターボール』

バルザードから氷の刃を伸ばす。

バルザードの攻撃回数も一度に五回という制約があるので、あまり手数はかけれない。

アイアンゴーレムの正面に立つと、ゴーレムが右腕《みぎうで》を振りかぶってパンチを見舞《みま》ってきた。

そこまでスピードは感じないが、迫力《はくりょく》はすごい。

不恰好《ぶかっこう》に大きく避《よ》けて、そのままゴーレムの右腕をめがけて、魔氷剣バルザードを振るう。

『ザクッ』

鈍《にぶ》い手応《てごた》えと共にあっさりとアイアンゴーレムの腕《うで》を切り落とした。いける。

とっさのことで破裂のイメージを重ねることはできなかったが、問題なく攻撃は通じた。しかも氷の刃もバルザードの一部と化しているせいか、全く刃こぼれもしていない。

片腕《かたうで》をなくして右側が隙《すき》だらけになったゴーレムの右側にス～ッと移動してそのまま近づきながら横薙《よこな》ぎに一閃《いっせん》。今度はしっかりと破裂のイメージをのせる。

『ボフゥン』

バルザードでゴーレムを背後から倒した時と同じ手ごたえ、同じ効果を発揮した。

やった！

今のはかなり俺のイメージする探索者っぽい感じだった。正面から強敵を斬《き》りふせる。

ちょっとカッコいい。いや、今までの俺に比べるとすごくカッコいい。

横を見るとシルもルシェもさっさとゴーレムを片付けていた。

「よし。うまくいった。今日はどんどんゴーレムを倒して回るぞ」

「はい。かしこまりました」

「あ〜あ。調子にのるなよ。死んじゃっても知らないぞ」

今日はとにかくゴーレム相手に実戦を積みたい。気は、はやっているが、頭は結構冷静だ。

一対一はなんとかなりそうだ。問題は複数を相手にする時だろう。さっきの戦闘でもゴーレムを倒すのに二手かかってしまっている。二体以上相手にする時は注意が必要だろう。

「ご主人様、あちらに四体のモンスターです」

ちょっと進むと四体のブロンズゴーレムのグループに遭遇した。

「シルとルシェは、左から二体を頼む。右から二体は俺がやる」

今度は二体を同時に相手にしてみる。

ポリカーボネイト製の盾《たて》を左手に構えて右手にバルザードを握《にぎ》る。

基本ビビリなので、二体同時に相手をする気満々だが、安全策に盾を構えている。

『ウォーターボール』

バルザードが氷刃を纏《まと》う。

ダッシュで一番右のゴーレムの更《さら》に右側に回り込み、袈裟《けさ》懸《が》けに一閃する。

『ザシュッ』

当たるには当たったが、ちょっと浅かった。盾を持ちながら振るうのが思いのほか難しい。剣を振れる角度が限定され、距離感も取りづらい。盾を持った状態で魔氷剣を使用したのは初めてだが、こんなに違うとは思ってなかった。ただ、今更どうしようもないので更に踏《ふ》み込んで追撃《ついげき》。再度袈裟《けさ》斬《ぎ》りに斬り伏《ふ》せ、ゴーレムを爆砕《ばくさい》させた。その瞬間横からもう一体のゴーレムの剛腕《ごうわん》パンチが襲《おそ》ってきた。

とっさに盾を間に挟《はさ》む。

『ドグヮアン！』

「ううっ、痛っ！」

強烈《きょうれつ》な衝撃《しょうげき》と共に吹《ふ》き飛んでしまった。いくら盾があっても、レベルアップして強化されたステータスがあっても、人間がまともにこの巨躯《きょく》の一撃《いちげき》を食《く》らったらただでは済まない。

「ああっ、ご主人様、大丈夫ですか？　私が今すぐ助けますね。少しだけ我慢していてください」

シルがフォローしてくれようとするが、視線でそれを制した。

自らの作戦ミスに後悔《こうかい》しながらも、このままやられるわけにはいかないのでとっさに起き上がり、盾を放棄《ほうき》してゴーレムに向き合う。

再度殴《なぐ》りかかってきた腕を横薙ぎに斬り落とし、そのまま正面に飛び込んで、胸元《むなもと》に魔氷剣を突《つ》き立ててそのままゴーレムを爆散させることに成功した。

魔氷剣は十分に通用したので、あとはもう少し使い方を検討した方がいいだろう。

なんとかゴーレム二体を撃退《げきたい》する事に成功した。

成功はしたが、かなり危なかった。盾とバルザードの組み合わせの相性が悪いのか、思ったほどうまくいかず、更にはゴーレムの一撃を盾越《たてご》しとはいえモロにくらってしまった。

たとえ盾があっても、あれを無傷でいなす事は、今の俺には難しいだろう。

やり方を再度練り直すしかない。と言っても手札は殆どない。

盾がダメなら矛《ほこ》。どうせ効果が薄いなら盾はこの際おいておいて、攻撃と回避《かいひ》に比重を置くしかない。

幸いゴーレムはモンスターの中でも動きは遅《おそ》い方なので、注意して距離感さえ間違《まちが》わなければ、避けることは可能だ。

とにかく攻撃は回避するしかない。

攻撃はバルザードメインだが、一刀流では回数制限や敵が多数の場合の手数の面で心配だ。

盾をタングステンロッドに持ち替《か》えバルザードとの二刀流を最初に試してみた。

ゴーレムを前にして右手に魔氷剣、左手にタングステンロッドを構え対峙《たいじ》する。

迫って来たゴーレムの攻撃を避けてカウンター気味に左手のタングステンロッドを思い切り振るう。

『ガッ！』

硬質《こうしつ》な感触《かんしょく》と共に左手首に痛みが走る。

「ッツッ！」

ゴーレムを見ると僅《わず》かに傷がついているのがわかるがタングステンロッドは硬さと重さを活《い》かした鈍器《どんき》に近いので、俺の力ではゴーレムを砕《くだ》くには至らず、むしろ俺自身の手首が砕けそうになってしまった。

しばらくタングステンロッドを使用していなかったが、この短期間で俺の技術が劇的に向上しているはずもなかった。

何度やったところでタングステンロッドではゴーレムを倒す事は無理に思えたので、おとなしくバルザードでゴーレムに攻撃して戦闘を終了《しゅうりょう》した。

ここのところ魔氷剣でゴーレムを倒せるようになっていたので失念してしまっていたがタングステンロッドとゴーレムとの相性は最悪だった。

消去法的に俺に残っているのは、魔核銃と『ウォーターボール』だが、『ウォーターボール』一発分はすでに魔氷剣に使用しており、更に発動する場合、多重発動となる。以前、連発による多重発動を試した事があるが結論から言うとできることはできる。但《ただ》し、異常に精神力を削《けず》られMP消費量以上の負荷《ふか》がかかるので動き回りながら連発するのは現実的に厳しい。

なので現状魔核銃に頼《たよ》るしかない。

ただゴーレムに対しては威力が足りないので、メインウェポンにはなり得ないが、左手に構えて盾の代わりに、牽制と攻撃をそらす事のみに使用する。これしか思いつかない。

剣と銃《じゅう》の二刀流。厳密には刀ではないので二刀流とは違うのかもしれないが、右手にバルザード、左手に魔核銃のスタイルだ。

敵に遭遇する前に両手に武器を持った状態で素振《すぶ》りや試射を何度か繰り返す。どちらも軽いので、片手で扱《あつか》う事に問題は無いのであとは実戦を積むしかない。

「ご主人様、後方にモンスターが三体います。気をつけてくださいね」

今度は後ろからブロンズゴーレムが三体現れた。三体ともこちらに向かって突進《とつしん》してきている。

「シル、念のため『鉄壁《てつぺき》の乙女《おとめ》』を頼む。ルシェ、一番左のゴーレムだけ頼む。俺が残りの二体をみるから、やばそうになったらフォロー頼むな」

そう指示を出すと同時に二体のゴーレムに向かって魔核銃を発砲《はっぽう》、突進をストップさせる。

よく考えると『鉄壁の乙女』の範囲《はんい》まで引き付ければよかったかもと思ったが、今更後の祭りで変更《へんこう》もきかないので、このまま戦闘を続ける。

右端のゴーレムに近づいて至近距離《しきんきょり》から、魔核銃を発砲する。

『プシュ』

ダメージは大して与《あた》えられないが、至近距離からバレットを受けてゴーレムの注意が大きく逸《そ》れる。隙だらけになったところを思い切って踏み込んで袈裟《けさ》斬《ぎ》りにする。イメージは切断。殆ど抵抗《ていこう》を感じないままゴーレムの胴体《どうたい》が崩《くず》れ落ち消失。

もう一体の方にすぐ向きを変えて、再度近距離《きんきょり》射撃《しゃげき》を頭に向けて敢行《かんこう》する。

『プシュ』

やはり、ダメージが足りなくても、近距離射撃は、かなりインパクトはあるようで、腕で頭をガードしてきた。

思い切って、腕ごと切断を試みる。先程《さきほど》と同じくイメージを重ね、頭部をめがけて横薙ぎに一閃する。

驚《おどろ》くほど、抵抗感なく腕と頭が切断され、そのまま消失してしまった。

魔氷剣ちょっとすごいかもしれない。まさに魔法剣。カッコいい。

完全に思いつきで開発に至った魔氷剣だが、めちゃくちゃ使える。威力も申し分ない。

色々と制限はあるが、それを補っても余りある性能だ。

ただし、残念な事に時間制限があるので常用の武器としては使用できない。

「よし、今度はうまくいったから、次に行ってみよう。シル、頼んだぞ」

俺《おれ》は、先程の感覚を忘れないように、次のゴーレムを探すことにした。

「ルシェ、さっきのご主人様かっこよかったと思わない？　なんかどんどん強くなってる気がするの。さすがはご主人様ね」

「何か、わたしたちがいなかった先週で、変わった気がする。なんか、頑張《がんば》り方が違うというか、妙《みょう》に自信が出てきたような。多分あれは女だな」

「え!?　またあの春香様というお方でしょうか？　ルシェ、どうしよう」

「いや、春香かどうかはわからないな。どうも前回と感じが違うんだよね。違う女かもな」

「ええ!?　違う女の人？　ご主人様、最近特にかっこいいから、モテるのは仕方がないのかもしれないけれど、大変だわ。ルシェ、本当にどうすればいいと思う？」

「あいつがそんなにモテるとは思えないけどな。あとでちょっと聞いてみるか」

俺は、そんな二人の会話に全く気付かず、ゴーレム探索《たんさく》に励《はげ》んでいた。

「シル、あそこにゴーレムだぞ！　探知できなかったのか？」

「え!?　申し訳ございません。ちょっとおしゃべりに気を取られていました。本当に申し訳ございませんでした」

「まあ、俺が気がついたから、そんなに謝《あやま》らなくてもいいけど、しっかりいくぞ！　今までで一番多い五体だからな。順番に撃破していくぞ。安全にいくから、シル『鉄壁の乙女』を頼む。ルシェ、ギリギリまで引きつけて一気に殲滅《せんめつ》するぞ」

「かしこまりました『鉄壁の乙女』」

光の防御壁《ぼうぎょへき》の中でゴーレムを迎《むか》え撃つ。ゴーレム五体が取り囲むようにして、一気に攻《こう》撃《げき》を仕《し》掛《か》けてくる。

光のベールに護《まも》られているのはわかっているが、さすがにちょっと怖《こわ》い。

ゴーレムの攻撃がベールに阻《はば》まれた瞬間、魔氷剣で正面のゴーレムを斬り結《むす》ぶ。ノーガードのゴーレムは一瞬で消滅《しょうめつ》、隣《となり》のゴーレムが身構える前に、頭部に向かって魔核銃を発砲する。一瞬《いっしゅん》怯《ひる》んだゴーレムの胴体に一撃を加えて爆散させることに成功した。

密集状態だったので、ルシェの『破滅の獄炎』も効果を発揮して二発連発ですでに三体のゴーレムを一掃《いっそう》していた。

五体のゴーレムもシルとルシェと一緒《いっしょ》なら問題なく撃破できた。

三人であれば七階層はもう、問題ないだろう。次は八階層を目指すことになる。

その前にシルとルシェに確認《かくにん》したいことがある。

「シル、ルシェ、ちょっといいかな。七階層も問題なさそうだし、今度は八階層に向かおうと思うんだけど、八階層まで来ると、敵も今までより大変だと思うんだよ。三人だとちょっと厳しい場面も出てくるんじゃないかと思うんだ。それで、相談なんだけど、本当に仮にの話なんだけど、パーティメンバーを増やしたらどう思う?」

「え!? パーティメンバーが増えるんですか? 今のままでも全然大丈夫《だいじょうぶ》だと思います。むしろ、今の三人が一番バランスがいいと思います」

「は〜ん、女だな。パーティメンバーに女を入れたいんだろ」

「い、いや、なにいってるんだよ。仮の話だよ、仮。女の子がパーティに入ってくれるはずないじゃないか。ははは」

「じゃあ、今のままでいいと思います。仮の話は仮で終わりでいいと思います」

「まあ、お前にそんな甲斐性《かいしょう》があるとは思えないから、仮の話だろうけど仮の」

「うっ。そうそう仮だよ仮。そうだよな、パーティメンバーはこの三人で行こうな。うんそれがいい。ところで話は変わりますが、この前イベントに参加したじゃないですか。そのおかげもあって、今回結構スキルアップしたんですよ。そう思いませんか？」

「はい。それはもう間違いないです。ご主人様、最近すごいです。カッコいいです」

「ま～たしかにちょっと強くなったような気はするな」

「そうでしょう。それで、今後もイベントで知り合った人たちと時々、週末とかにパーティを組んでスキルアップをしようと思うんですよ。シルとルシェも最高だけど、二人が強すぎて俺も置いていかれないように頑張らないといけないじゃないですか」

「最高だなんて。ありがとうございます。でも私が、ご主人様を置いていくなんて有り得ません」

「そのメンバーは女なのか？　女なんだろう」

「い、いえ、何をおっしゃっているんですか。イベントメンバーは殆ど男でしたよ。男」

「私はご主人様が決めた事なら言うことはありません。頑張ってください。でも普段は私たちと一緒ですよ」

「ふ～ん。殆ど男ね～。まあどっちでもいいけど。ちゃんと魔核はくれよ」

「はい。もちろんですよ。これからもシルとルシェが一番です。頑張ろう、ははは」

　なんとか週末に他のパーティに参加するのをOKしてもらった。しかし、二人とも女性の部分には異常に反応するな。ちょっと、圧がすごい。イベントメンバーは殆ど男だったのは本当だから嘘《うそ》は言っていない。誘われたのが女の子からだっただけだ。なんか二人共ちょっと怖かったのでバレないようにしよう。別にそんなに悪いことをしているわけではないのに……

「シル、女だな。喋《しゃべ》り方《かた》とか話の振り方が怪しすぎだな。あれでバレてないとでも思ってるのかあのバカ」

「む～女性の方ですね。私たちの努力が足りないのでしょうか？　ルシェ、負けないようにこれから二人でもっと頑張りましょうね」


俺は今度八階層を目指すが、今はスマホとにらめっこをしている。

昨日なんとかシルとルシェに週末だけ他のパーティに参加する了承《りょうしょう》を得たので、ミク達に連絡をしようとしているところだ。

しかしよく考えると週末だけの参加なんて都合が良すぎないだろうか？　そもそも、誘われたのは、四日も前のことだ、もう違《ちが》うメンバーが決まっているかもしれない。

電話をかけて、変なふうに思われないだろうか？

う～ん、緊張《きんちょう》する。

スマホを片手にすでに三十分が経過してしまったが、これ以上考えても無駄《むだ》だと悟《さと》り、

ついにミクに電話をかける。

「はい。もしもし」

「あ、あ、ミクさんでしょうか？」

「あ、海斗？　電話待ってたのよ。パーティの件どうかな」

「それなんだけど、色々事情がありまして、勝手なんですが週末だけ参加させてもらうことは可能でしょうか？　時々休んだりする事もあると思うんだけど。無理でしょうか？」

「え？　全然いいわよ。みんなそんな感じだし。普段《ふだん》はみんな学校があるから、基本パーティで潜《もぐ》るの週末だけだし」

「あ、そうなんだ。そうだよね。みんな週末だけだよね」

そうか、イベントだからみんな平日もダンジョンに潜ってたのか。もしかしたら毎日潜ってるのは俺ぐらいなのかもしれない。ちょっと感覚がおかしくなってるのかもしれないな。

「それじゃあ、他の二人にも連絡しとくね。今度の土曜日にパーティ申請《しんせい》しに行かない？」

「あ、ああパーティ申請ね。わかった。どこに集合すればいいのかな」

「じゃあギルドに十時にしよっか」

パーティって申請があったのか。完全に忘れてたな。そういえば講習で習った気もするけど、俺には縁《えん》が無かったので完全に忘れてしまっていた。

土曜日迄《まで》の時間は魔核を貯《た》めるために一階層のスライム狩りに勤《いそ》しんだ。土曜日が楽しみなので、ちょっとテンションが高めでスライム狩りも楽しくできた。

結構いいペースで貯まったのでしばらくはこれでいけそうだ。

「あのバカなんかずっと浮《う》かれてるな。怪しすぎる」

「私はご主人様を信じているのです。やっぱり一番は私たちですからね」


ようやく待ちに待った土曜日だ。ちょっと張り切りすぎて八時三十分についてしまったが、遅《おく》れるよりはいいと思うのでまあゆっくり待つことにする。

九時四十分になって、あいりさん、ミク、ヒカリンの順番でやってきた。

「おはよう。これからよろしくね」

「こちらこそよろしくお願いします。でも俺で大丈夫ですか？」

「うん。三人でも話し合って、今回組んだ中で海斗が一番普通《ふつう》だからという事になったんだ。よろしくたのむよ」

「はい、まあ普通だけが取《と》り柄《え》なんで」

ちょっと褒《ほ》められてるのかよくわからないので複雑だが、パーティに入れてくれるという事は三人とも嫌《いや》ではないんだろう。

「それじゃ、早速《さっそく》パーティ申請に行きましょう」

いつものギルドのカウンターではなく、奥《おく》のカウンターで申請を行ったが、他にも一組手続きをしていたのを見かけたので、俺がはじめてなだけで、結構みんなパーティ申請をしているのかもしれない。

手続きはメンバーの名前等を用紙に記載《きさい》して識別票を確認するだけで終了した。

識別票にK―12と記載が増えており、これがこのパーティの識別コードらしい。

手続きをしている間、もう一組の手続きをしている男性三人のパーティが、こちらを見ながらコソコソ話している。

「おい、あの子達結構可愛《かわい》くないか。しかも三人とも」

「おお、俺はあの一番小さい子がタイプだな。アイドルっぽいし」

「それにしてもあの男は何なんだ。あれパーティメンバーだよな。あの三人とパーティってどういう事だよ」

「全然かっこいいわけでもないし、普通じゃね？　あれだったら、俺の方が百倍いけてると思うけど」

「金でも積んだのかな。あんまり金持ってそうにも見えないけどな」

「登録中みたいだし、あんな奴《やつ》やめて俺らと組むよう誘《さそ》いに行ってみるか？」

「おお、それいいな。三対三だしちょうどいい感じじゃね。あのモブっぽいのはどっかいってもらうか」

なにやら不穏《ふおん》な空気を感じる。俺に対してだけ、悪意のようなものがオーラと共に流れてきている気がする。

「彼女《かのじょ》たち、ちょっといいかな」

「はい、どうかしましたか？」

ミクが対応する。

「君たち三人でパーティ登録に来てるんだよね。俺らも三人なんでよかったら一緒にパーティ組まない？　俺たち三人ともストーンランクなんだけど、サポートしっかりするからさ」

「いえ、私たち四人で来てるんで、大丈夫です。男の人も彼《かれ》がいるので大丈夫です」

「え〜。そんな冴《さ》えない感じのモブより俺らの方がいいと思うけど。脅《おど》されてるんだったら助けになるよ」

「いえ、結構です。彼の普通な所が良くてパーティを組むことにしたので、大丈夫です。お互《たが》いにそれぞれのパーティで頑張りましょう」

「そんなこと言わずに俺らと組もうぜ、そんな弱そうな奴じゃなくて、俺らの方が絶対安心できるって」

「失礼ですが、皆《みな》さんストーンランクなんですよね。彼も私達《たち》もすでにアイアンランクなんです。皆さんより彼の方が安心できますので、お断りします」

「なんだよ！　せっかく誘ってやったのに後悔すんなよ」

「はい大丈夫です。ありがとうございます」

ちょっと泣けてきた。

今俺は猛烈《もうれつ》に感動している。普通って素晴《すば》らしい。

モブがこんなに素晴らしいと思ったのは生まれて初めてかもしれない。

これからも彼女たちの期待を裏切らないよう普通に頑張っていこう。

感動もひとしおだったがいつまでも浸《ひた》っているわけにもいかないので、早々に移動して七階層に潜る事にした。

手続きでちょっと、ゴタゴタしてしまったが、そのおかげで俺の新しい仲間、パーティコードK—12のメンバーへの信頼《しんらい》と忠誠心はすでに天元突破《とっぱ》している。

「それじゃあ、ゴーレムを探すけど、ちょっと俺の戦い方が先週までと変わってるんで、いちおう説明しとくよ。前まで後ろに回り込んで、一気にしとめるスタイルだったんだけど、今は正面からでも、いけるようになったから、前よりもスムーズに対応できると思う」

「新しい武器でも購入《こうにゅう》したのですか？　見せてほしいのです」

「買ったんじゃないんだけど似たようなものかな。ちょっとＭＰ使っちゃうから敵が来たら披露《ひろう》するよ」

「わかったのです」

二十分ほどウロウロしてようやくゴーレムを発見した。

「みんな、正面にゴーレム四体いるから気をつけて。左の二体は任せてくれ。右の二体を三人で頼《たの》む。ヒカリンは右の二体に『アースウェイブ』を頼む。ミクはスナッチで牽制《けんせい》頼んだ」

俺はそのまま二体のゴーレムに魔核銃《まかくじゅう》を発砲する。

こちらに注意を引きつけて二体を同時に相手しなくて済むように一番左のゴーレムのさらに左に回り込み、そのまま頭部にバレットを撃ち込む。

ゴーレムが怯《ひる》んだ瞬間、魔剣《まけん》バルザードを構えて
『ウォーターボール』

瞬間的《しゅんかんてき》に拘束力《こうそくりょく》が発生するが、氷の刃を出現させてから一呼吸をおいて、そのままゴーレムの胴体を斬り裂《さ》く。イメージ通り一撃でしとめることができたので、そのまま次のゴ

ーレムを見るとすでに片手で頭をガードしている。さすがに賢《かしこ》いな。

すぐに切り替えて、アイアンゴーレムの胴体に向けて発砲するが、ダメージはほとんど入らず、隙を見せない。今度は頭に発砲するそぶりを見せながら、ゴーレムがガードしている右手の方に素早《すばや》く回り込んで、そのまま胴体を横薙ぎに一閃。撃退することに成功した。

他の三人の方を見ると、すでに一体は消失しており、残りの一体も『アースウェイブ』に完全にはまっていて、あいりさんとスナッチがボコボコにしている最中だった。女の子と小動物にボコボコにされている姿に、敵ながらちょっと気の毒になってしまったが、程《ほど》なくゴーレムは消失した。

「海斗さん。さっきのは一体なんですか？　魔法使えたんですか？　全然知らなかったのです。しかも『ウォーターボール』って言ってましたけど、どこにもウォーターもボールもなかったのです」

「いや、一応『ウォーターボール』には間違いないよ。ただマジックアイテムとか工夫《くふう》で氷の魔刃《まじん》になったんだよね」

「そんなの聞いたことないのです。それってもう『ウォーターボール』じゃないのです」

「そう言われても、そうとしか答えようがないんだけど」

「海斗、なんでこの前は使わなかったんだ。忍者《にんじゃ》から、魔剣士《まけんし》にでもジョブチェンジしたのか？」

「いやジョブチェンジって、そんな事できないです。前回は使えなかったんですよ。イベントが終了してから練習して使えるようになったんです」

「あれってそんな簡単に使えるようになるものではない気がするが」

「いや、実際には一日で、できるようになりました。まあ、もともと『ウォーターボール』は使えてたんで、応用だけですからね」

「どうみても『ウォーターボール』とは違うものにしか見えんな。応用と言うより別物だな」

「まあ、見た感じはちょっと『ウォーターボール』っぽくないんですけど、これでもれっきとした『ウォーターボール』です。だって俺『ウォーターボール』以外の魔法使えないですから」

「海斗って普通だと思ってたんだけど、ちょっと普通じゃないかも。言ってる事もなんか変だし、多分あんな『ウォーターボール』使ってるの海斗だけだと思うけど。ヒカリン、そもそも魔法ってあんなに劇的に変化するものなの？」

「いえ、わたしの『ファイアボルト』も、いろいろやってみましたが、スピードが変化するぐらいでそれ以外はあまり変化はなかったのです。他の魔法使《まほうつか》いの人たちも見たことありますが、海斗さんみたいな変なのはみたことないのです」

変なの……

これは褒められてるのかディスられてるのかどっちだ？

そもそも、俺は何も悪いことしてない……

「さっきの魔剣士っぽいのもいいけど、前のふらふらしながら後ろから、しとめるスタイルも結構いいと思ったんだけどな」

「そ、そうかな。まあ魔氷剣は制約が結構あるから、また後ろからとどめを刺《さ》すスタイルも使うとは思うけど」

「わたしも、忍者スタイルがいいと思うのです。忍者カッコいいのです。魔剣士は海斗さんとちょっとイメージが違うのです。ちょっと存在感が強すぎるというか。もっと存在感が薄《うす》い方がイメージに合っているのです」

「そう。存在感ね……じゃあ次は後ろからやってみるよ」

「そうか。また忍者に戻《もど》るんだな。いっその事、あの存在感の薄いスタイルにさっきの魔氷剣とやらを組み合わせたらどうだろう？　ふらふら近づいて、ドカンとやってみたらどうだろうか」

「魔法と魔剣を使う忍者で、魔忍《まにん》って結構いいんじゃない？」

「魔忍、なんかカッコいいのです」

「いや。魔忍って、そもそも俺、忍者じゃないし、勝手に名付けられても困るんだけど。しかも探索者にジョブシステムなんか無いから」

なんか話がおかしな方向にいってしまっている。とにかく存在感が薄い事を褒められているのかディスられているのかよくわからない。

存在感の薄い魔忍、一見かっこいい様な錯覚《さっかく》を覚えるが、明らかに俺の目指している英雄《えいゆう》とは方向性が違う気がする。要は誰《だれ》にも相手にされない路傍《ろぼう》の石のような存在なだけなんじゃないだろうか。

その後気を取り直して、探索を再開することにした。

「みんな、あっちにゴーレム三体発見だ。ヒカリン以外が一体ずつ受け持つよ。片付いた人から各自サポートに入って。ヒカリン、左端《ひだりはし》の奴にタイミングを合わせて『ファイアボルト』を頼む」

「ヒカリンいまだ！　頼む」

俺はとりあえず、左端のアイアンゴーレムに目標を定めて距離《きょり》を詰《つ》めていく。

『ファイアボルト』

ヒカリンの魔法の発動と同時に全速力でゴーレムの左脇《ひだりわき》を駆《か》け抜《ぬ》け、着弾《ちゃくだん》と同時に後ろに回り込む。

『ウォーターボール』

そのまま距離を詰め後ろから胴体を切断した。

消失を確認してから隣を見てみると、スナッチとあいりさんがそれぞれ、ゴーレムを牽《けん》制《せい》しながら戦っている。

俺はまずスナッチの相手をしているゴーレムの方へゆっくり、そ〜っと近づいて行って、後ろから魔氷剣《まひょうけん》を一閃、瞬時《しゅんじ》に消失させる。

最後の一体もあいりさんと交戦中の為《ため》、周りにまで意識が回っている様子は無い。即座《そくざ》に最後のゴーレムの方にゆっくり近づいて行くが、全く気付く様子がないので、そのまま後ろから突き刺して爆散させた。

「海斗、やっぱり魔忍スタイルがいいんじゃないか？　後ろからバッサリでちょっと悪役っぽいのは気になるところだが」

「結構、サマになってたじゃない。やっぱりさっきのスタイルの方が正面からやり合うより、海斗にはしっくりくる気がするわね」

「魔忍いいと思います。ふわ〜っとした感じと、気配を消す感じがぴったりなのです」

「あの～別にふわ～っとしてただけじゃないですよ。それに気配も消した訳ではないというか、そんな技術持ち合わせてないんだけど」

「すごいな。それってナチュラルボーン魔忍じゃないか。羨《うらや》ましいな、私も侍《さむらい》とかやってみたいところだ」

「いや、ナチュラルボーン魔忍って。そもそも忍者も侍も今の時代いないですよね」

まあ、それなりにいい感じでできたと思うので、魔忍というのはちょっとおいといて、臨機応変に武器とスタイルを変えていければ良い気がする。

このパーティでも問題なく七階層を探索できているので、シルとルシェの三人で来週八階層に挑《いど》んで問題ないようであれば、このパーティで来週末にでも八階層に挑んでみようと思う。

どうせなら悪役っぽい魔忍よりも正統派の勇者とか聖騎士《せいきし》に憧《あこが》れる。

第二章 ❯ それぞれの進路

俺は今日もK―12のメンバーと七階層に潜っている。

十時から潜っているのでそろそろお昼の時間だ。

「あと一回戦闘《せんとう》したら、お昼休憩《きゅうけい》にしようか」

「「「はい」」」

しばらく探索していると三体のゴーレムに遭遇《そうぐう》したので臨戦態勢にはいる。

ちょっと慣れてきたので今までと違うパターンも試《ため》してみる。

「あいりさん、俺と一番左のブロンズゴーレムを速攻《そっこう》で倒《たお》しましょう。ミクはスナッチで隣のアイアンゴーレムを足止め、ヒカリンは一番右のアイアンゴーレムに『アースウェイブ』を頼む」

俺はあいりさんと一番左のゴーレムに向かって行って挟撃《きょうげき》する。あいりさんが薙刀《なぎなた》のリーチを活かして攻撃している間に『ウォーターボール』を発動して バルザードを魔氷剣化しそのまま横から、ゴーレムを斬り伏せた。消失を確認すると同時に二人で隣のゴーレムに向かい、スナッチと共闘《きょうとう》する。

ゴーレムがスナッチに気を取られている間に二人で左右から滅多斬《めったぎ》りにする。すぐさま最後のゴーレムに全員で臨《のぞ》み、危なげなくしとめることができた。

今回は攻撃力《こうげきりょく》の高いメンバーが共同で戦い、そのまま押《お》し切ったが、思ったより上手《うま》くいった。数的優位がある時にはかなり有効だろう。

七階層で比較的《ひかくてき》見通しの良い所を選びお昼休憩をとることにする。

俺の今日の昼ご飯は、コンビニの昆布《こんぶ》おにぎりとウインナーロールだ。

他の三人を見るとお弁当を食べているが、それぞれかなり豪華《ごうか》で、どうやら母親か誰かに作ってもらっているようだ。

コンビニのおにぎりとパンも非常に美味《おい》しいのだが、一人だけ浮いてる感は拭《ぬぐ》えない。

「あいりさんって大学生なんですよね。どこの大学に通ってるんですか?」

「ああ、言ってなかったか、私は王華《おうか》学院に行っているんだよ。大学に行きながら探索者を続けているんだ」

「王華学院ですか。凄《すご》いじゃないですか。あいりさんさすがですね」

王華学院は地元にある大学だが、結構偏差値《へんさち》が高く、お金持ちの割合が高いので有名な大学だった。やっぱりあいりさんはお金持ちの子女で間違いないらしい。

「え～あいりさんも王華学院なんですか？　私も来年受験しようと思ってるんですよね。受かったら先輩《せんぱい》ですね。よろしくお願いします」

「そうか、ミクも王華学院志望なのか。楽しみだな」

「海斗《かいと》はどうするの？」

「俺は、大学行きながら探索者したいから進学はしようと思うけど、まだ志望校は絞《しぼ》れてないんだよな」

「せっかくだし、海斗も王華学院受けてみたら？」

「俺が王華学院？　ちょっと場違《ばちが》い感がすごくないか？」

「多分誰も気がつかない、いえ、気にしないから大丈夫だと思うけど」

ミクさん、今気がつかないと言いましたね。しっかり聞こえて、しっかり傷つきましたよ。

そんな話をしながら、午後もゴーレムを狩《か》った後、来週の約束をして解散した。

次の日、学校に来てから真司《しんじ》と隼人《はやと》に進路を尋《たず》ねてみた。

「まあ一応進学希望だけどまだどこ受けるかは決めてないな」

「俺も、もうちょっと頑張らないと志望校に点足りないんだ。それはそうと海斗くん、葛《かつ》城《らぎ》さんに進路聞いてみたのか？」

「え？　聞いてないけど」

「聞いた方がいいんじゃないかな～」

　今まで全く気にしていなかったが、そう言われるとやっぱり気になる。

　放課後までチラチラ見ながらタイミングを見計らって、葛城さんが一人になったところに、すっと近づいて行って聞いてみた。

「葛城さんちょっといいかな。あの、進路の事なんだけどもう決めてたりする？」

「うん一応決めてるよ。できたら王華学院に行けたらいいなと考えてるんだけどね」

「え？　葛城さんも王華学院志望なんだ」

「私もって事は、もしかして高木《たかぎ》くんも王華学院志望なのかな？」

「え、あ、まあ、そう、そうなんだよ。偶然《ぐうぜん》だなあ、俺も王華学院に行ければいいなあと考えてたんだよ。うん、本当に奇《き》遇《ぐう》だなぁ。ははは」

　パーティメンバーの事とは言えずに、思わず王華学園志望と答えてしまった。

「そうなんだ。じゃあ一緒に通えるといいね。小学校からずっと同じ学校なんてちょっとすごいよね。もしかしたら運命かもしれないね」

「うん。そうだね、同級生になる運命だね。そうに違いないです」

この前の映画では、運命的な二人も高校卒業を機にお別れしていたが、俺は残念ながら付き合っているわけでもないのでこれには当てはまらないだろう。

まあ、受かるかどうかもわからないので、運命かどうかは全くわからない。ただ、大学は四年間もあるので葛城さんとキャンパスのどこかで会えるかもしれない。

いや、そうなったら最高だな。もうこれは頑張って王華学院に合格するしかないな。

あいりさんにもダンジョンで勉強教えてもらおうかな。


放課後になり八階層への準備の為、いつものようにスライム狩《が》りに精を出しているが、予定では月曜、火曜はこのまま一階層でスライム狩りを続けて、水曜日に休みがてら買い出し準備、木曜日と金曜日に八階層へと挑んで土曜日はK—12のパーティで八階層に挑戦《ちょうせん》する予定だ。

結構スケジュールがタイトなのだが、急遽《きゅうきょ》決まった王華学院への受験に向けて学校では今まで以上に集中して勉強する必要があるので間違《まちが》っても居眠《いねむ》りなどはできない。俺の中で探索と並んでこれだけは失敗できない新たなミッションだ。

いつもの通りスライムを狩り続けるがレベルアップしてもやっぱりスライムには殺虫剤《さっちゅうざい》ブレスが一番効率が良かったので今日も殺虫剤片手に頑張っている。

スライム職人と化した現在の俺のペースは一時間に十三匹《びき》を倒せるまでになっており、三時間で三十九匹を狩ることができたが、せっかくなのでもう一匹倒《ぴきたお》して四十匹に到達《とうたつ》してから一日を終了《しゅうりょう》した。

火曜日も同じように四十匹を狩った時点で帰ることにしたので、二日で八十四匹に到達し、満足感と共に帰宅した。

やっぱり一階層はスライム天国。正にブルーオーシャンなので誰にも知られたくない。この階層の素晴らしさを理解している人間が他にいないとは思えないが、誰も真似《まね》しないのはなぜだろうか？　このダンジョン最大とも言える謎《なぞ》の一つだ。

水曜日の放課後、俺はアウトドアショップに来ている。

八階層の準備の為にどうしても欲《ほ》しいものがあったのだ。

それはライフジャケットだ。八階層は水辺が多く存在しており、完全に水没《すいぼつ》している箇《か》所《しょ》もあり、水棲《すいせい》のモンスターが出現する階層なのだ。

そして、俺は殆《ほとん》ど泳ぐことのできない、かなづちなので、万が一モンスターとの戦闘で水に引き込まれたりしたら命にかかわる致命傷《ちめいしょう》になってしまう。そのためどうしてもライフジャケットが欲しかった。

目的のライフジャケットは、すぐに見つかり九千九百八十円で無事に購入する事ができたので、ひとまず安心だ。

以前は少しは泳げたのだが、小学校の水泳の時間に、同級生がふざけて水の中から足を引っ張ってきた。泳ぎが上手い人間であれば特に慌《あわ》てる事もなかったのかもしれないが、当時からそれほど泳ぎが得意ではなかった俺は、パニックを起こし、大量の水を飲み溺《おぼ》れかけた。それ以来、殆ど泳ぐ事ができなくなってしまっていた。

正直、八階層の水辺エリアはかなり怖い。できることなら避《さ》けて通りたいが、スルーして九階層に行く手段は無いのでどうしても挑む必要がある
本当は他にも欲しいものが一つだけある。それはマジックポーチだ。

先週ミクたちとお昼ご飯を食べている時に気がついてしまった。彼女達《かのじょたち》は三人共弁当と水筒《すいとう》を持ってきていたのだがリュックなどを用意している気配がない。よく考えたら戦闘中も俺だけリュックを背負っていたが彼女たちは背負っていなかった気がする。

「ミク、ちょっといいかな。お弁当っていつもどこに入れてるの？」

「それは、もちろんこれよ」

そう言って見せてくれたのはセカンドバッグをぺったんこにしたようなポーチだった。

「これって、もしかしてマジックポーチ？」

「当たり前じゃない。他の二人も使ってるわよ。探索中に荷物って重いじゃない。だから最初にパパが買ってくれたのよ」

「パパ……」

「わたしもパパが買ってくれたのです」

「私も最初に父が買ってくれたんだ」

「ははは……そうですよね。女の子ですもんね。弁当とか、かさばりますよね」

「そうそう。便利だから海斗も一個買えばいいのに」

「まあ。そうですね。検討させていただきます。ははは」

俺もポーチを買ってくれるパパが欲しかった。一個最低一千万円以上するのに、そう簡単に買えるわけないだろ。お嬢様《じょうさま》はちょっと俺とは感覚が違うのかもしれない。

ただ、パーティで俺だけ仲間はずれのような気になってしまうので欲しい。

ポーチの機能を考えても、プラスしかないので本当は欲しい。

でも一千万円以上だよ。一般的《いっぱんてき》な高校生が買えるわけないだろ。

世の中欲しいのと買えるのは違う。

この時にお金の力を再認識《さいにんしき》させられて、ちょっとだけ憂鬱《ゆううつ》になってしまったが、明日から遂《つい》に八階層に挑むので気持ちを入れ替《か》えて頑張ろうと思う。

翌日登校すると隼人と真司はすでに教室にいたので、今日は俺が一番遅《おそ》いらしい。

「そういえば隼人と真司は、最近ダンジョンに潜ってるのか？」

「おお、二人で結構潜ってるぞ。この前レベル5になったから、時々三階層にも潜ってるよ」

「二人だとそれなりにやれてるから面白《おもしろ》くなってきたところだ」

「無理すんなよ。この前みたいになっても誰も助けてくれないからな」

「それなんだけどな、この前潜った時に女の子二人のパーティと知り合って、今度一緒《いっしょ》に潜る話になってるんだ。ソロの海斗には縁の無い話で申し訳ないんだけど」

「そうそう、いきなり声かけられてびっくりしたけど、こんなこともあるんだな。これも海斗が鍛《きた》えてくれたおかげだよ。海斗様様だな」

「いや、俺も週末はパーティ組んでるぞ」

「え？　パーティ組んでるのか？　いったい誰と組んでるんだよ。俺たちの知ってる奴か？」

「まさか葛城さんか？」

「そんなわけ無いだろ。この前ギルドのイベントがあったんだけど、その時一緒に潜ったメンバーから誘ってもらってこの前からパーティ登録したんだ」

「何人パーティ？　もちろん男と組んでるんだよな」

「聞くまでもないよな。男四人だよな」

「四人パーティで俺《おれ》以外は女の子だけど」

「は？　何か幻聴《げんちょう》が聞こえた。もう一度聞くぞ、パーティメンバーは全員男だな」

「俺も幻聴が聞こえた。ちょっとダンジョンで頑張《がんば》りすぎたかな」

「いやだから俺以外は女の子だって」

「まじで？　それってハーレムパーティじゃないか。いや待て。全員おばさんか、誰にも相手にされてない様な変な子なんだろ」

「失礼な奴だな。ハーレムパーティじゃねーよ。全員同世代だけど、一般的にみんな結構可愛い方だと思うぞ」

「なんだ!?　何が起こってるんだ。これは夢か、天変地異か。海斗なのに一体……それはそうとお前それって、葛城さんは大丈夫なのか？」

「いや絶対やばいな。海斗やばいぞそれ」

「なんでそこで葛城さんが出てくるんだよ。彼女は探索者《たんさく》じゃないんだからパーティと関係ないだろ」

「は〜やっぱり海斗クオリティは変わらないな。葛城さんにはこの事は内緒《ないしょ》にしといたほうがいいと思うぞ」

「葛城さんとパーティメンバーの話をすること自体が無いけど、何を言いたいのか意味がわからん」

「まあ上手くやれよ」

「グッドラック」

相変わらずこの二人の葛城さんに関する話はよくわからない事が多いが放課後俺はついに八階層に向かった。

カーボンナノチューブのスーツにライフジャケット着用で準備は万全《ばんぜん》だ。

向かう途中《とちゅう》に出会った冒険者達《ぼうけんしゃたち》が、一様にこちらを見てコソコソ何か話しているので、ちょっと失礼じゃないかと思う。

それにしても、ほかの探索者を見るとライフジャケットを着用している人がいないようだ。おそらくみんな泳ぎが達者なのだとは思うが、ここはダンジョン。何があるかわからないので、万全の態勢で臨むべきだと思う。ひょっとすると、みんなちょっと気が緩《ゆる》んで抜けているのかもしれない。水場にライフジャケットは必須《ひっす》だ。

八階層に到着《とうちゃく》すると、他の階層と違って、水場が多く点在しているせいか、湿度《しつど》が高く、水辺独特の匂《にお》いがする。未知の階層に踏《ふ》み入れる度に感じるが、なんか見知らぬ外国に来たみたいな感覚になるので、毎回ワクワク感でテンションが上がってくる。もちろん、俺は外国には、行ったことがない。外国どころか国内旅行も殆ど連れて行ってもらった記憶《きおく》がない。できることなら一度でいいからハワイに行ってみたい。

今の俺はハワイに行く代わりにダンジョントラベラーとなっている。ただし調子に乗って死出の旅にだけは出ないように細心の注意を払《はら》わなければならない。

「シル、ルシェ、この階層は初めてだから、しばらくは慎重《しんちょう》に行くぞ。敵が現れたら『鉄《てっ》壁《ぺき》の乙女《おとめ》』の内側から攻撃《こうげき》するからな。絶対無理をするな」

「はい、かしこまりました」

「心配性《しんぱいしょう》だな。わたしたちがいれば大丈夫《だいじょうぶ》だって」

足下《あしもと》の地面はずっと濡《ぬ》れており、非常にスリップしやすい。

前方を見ると沼地《ぬまち》のような地形が現れた。

「ご主人様、手前の方に三体いると思われます。ここからでは見えてはいませんが気をつけてくださいね」

全く気配も感じられない上に、濁《にご》った水の中は一切窺《うかが》い知ることができない。

恐《おそ》る恐る水辺との距離を詰めると、突然《とつぜん》ワニのようなモンスターが三体、口を開けた状態で勢いよく飛び出してきた。

「うぉっ。シル、『鉄壁の乙女』だ！」

慌てて指示を出した『鉄壁の乙女』に阻《はば》まれて、開けた口をばくばくやっているが、かなりの迫力《はくりょく》だ。クロコダイルなどは六メートルに迫《せま》る大きさを誇《ほこ》る個体もいるそうだが、まさに六メートルぐらいありそうだ。

圧倒的《あっとうてき》な重量感とサイズで、もはや恐竜《きょうりゅう》といっても過言ではない。

どうでもいいが、この巨体《きょたい》に魔核銃って効果あるのか？　一抹《いちまつ》の不安がよぎったがやってみないとわからないのでとにかく頭と胴体《どうたい》めがけて発砲《はっぽう》してみた。

『プシュ』　『プシュ』

どうやらゴーレムのようにノーダメージではないようで、バレットをくらった個体は、暴れまくっているが、余計に怖《こわ》い。恐竜と言うか、怪獣《かいじゅう》のようだ。よく見るとバレットが着弾して埋《う》まっているが貫通《かんつう》はしていない。

取り敢《あ》えず怖いので

「ルシエ、『破滅《はめつ》の獄炎《ごくえん》』を頼む」

『グヴオージュオー』

暴れていたワニ型モンスターは一瞬《いっしゅん》で消失した。

ルシェのおかげでちょっと冷静になって考える時間ができた。

このサイズと重量感を盾《たて》で防いだら、まず間違いなく吹《ふ》き飛ばされる自信があるので却下だ。

『ウォーターボール』は効果があるか試してみる価値はあるが、ふつうに考えてバレットより氷が効果的とは考えにくい。

となると、バルザードか魔氷剣だが、この巨体相手に超近接《ちょうきんせつ》は怖すぎるので必然的に魔氷剣だが、魔氷剣の刃渡《はわた》りがおおよそ五十センチから六十センチといったところなので、今のままだと最低でも五十センチの距離まで近づかないといけない。素のバルザードよりは多少マシだが正直やばい。

怪獣相手に五十センチの距離《きょり》迄《まで》近づく勇気はない。

どうする。どうすればいい。もうすぐ『鉄壁の乙女』が解けてしまう。

とにかくちょっとでも遠くから攻撃したい。今のショートソード型をロングソードにできないだろうか。ちょっと体積的に厳しいかもしれないがなにも思いつかない。

「シル、もう一回『鉄壁の乙女』を頼む。ルシェも、もう一匹頼《ぴきたの》む」

ちょっと時間稼《かせ》ぎをして再度検討する。ロングソードには氷の体積が足りない。ただ長さはもっと欲しい。あれだ、フェンシングで使ってるような剣。ちょっと違《ちが》うかもしれないが、昔見たアニメのヒロインが使っていたレイピア、あれをもうちょっと細くして伸《の》ばしたらいけるんじゃないだろうか？

『ウォーターボール』

いつもの魔氷剣よりは細長くなった。しかし記憶にあるアニメの剣のようにスマートではない。

ちょっとイメージが足りなかったようだ。

もう一度

『ウォーターボール』

今度も、もう少し伸びて細くなったが、もうちょっといける気がする。

『ウォーターボール』

三度目にしてイメージしていた剣が出現した。刃渡りがおよそ一メートル弱ある。従来型よりもかなり伸びたイメージだ。

細いのでさすがに斬《き》ったり、受け止めるのには向いてないと思うが突《つ》く分にはいけそうだ。

そのまま、残った一匹めがけて、思いっきり刺してみる。細いせいもあるのだろうが殆ど抵抗《ていこう》を感じる事なく刺さったものの、細すぎてそれだけでは致命傷にならない。慌てて爆砕《ばくさい》するイメージを重ねる。

『ボフゥン』

レイピアはいつものバルザードと同じ効果を発揮してくれたので、俺は遂にワニ型モンスターを消失させることに成功した。

さすがに八階層だけあって魔核《まかく》は親指の第一関節分ぐらいの大きさがあった。一個二千五百円といったところだろう。

「ご主人様、お腹《なか》がすきました。魔核をお願いします」

「連発して三倍お腹が減ったから、魔核六個くれよ」

いや、発動したのは二回だから三倍はおかしい。しかも六個って計算がおかしいだろ。油断も隙《すき》もない。

なんとかワニ型のモンスターを撃退《げきたい》することができた上に、魔氷剣レイピア型とでもいうべきものを発現してしまった。

ちょっと、ゲームのヒロインみたいでカッコいい。

ただ、ここは気配の無い水辺から大型のモンスターがいきなり襲《おそ》いかかってくる上に、硬《かた》くて強い。

正直シルとルシェがいないとやばかった。さすがは八階層のモンスターだ。

明後日《あさって》K―12のメンバーで潜《もぐ》るまでに何かしらの対策を取らないとやばいかもしれない。

「シル、水の中のモンスターを探知する方法って何かないかな？」

「いえ、私の場合スキルとかではなく、もともと気配を感じる事ができるだけなので、ちょっとわからないです」

「そうだよな。サーバントだと誰でも気配を感じることができるのかな？」

「おい、わたしは一切《いっさい》感じないぞ。シルが特別なんだろ」

そうだった、こいつは今までも何にも探知したことがなかった。罠《わな》にもハマりまくったしな。まあルシェの方が特別という可能性もあり得るけど。

あまり実りのない会話をしているとシルが、ちょっと奥《おく》の川のようになっている箇所を指差しながら
「あっちから多数のモンスターがきます」と言ってきた。

「多数ってどのぐらいだ？」

今までシルが明確な個体数を示さなかった事は初めてだった。

「いっぱいです。こっちに移動してきてます」

「とにかく敵に備えるぞ。念のため『鉄壁の乙女』を発動しておいてくれ」

そう言っているうちに突然水面が弾《はじ》けた。

飛び出してきたこれは、巨大《きょだい》な魚？　いや羽が生えているのでトビウオか？　数十匹の巨大マグロを思わせるトビウオがジャンプしながら突進《とっしん》してくる。

まるで軽トラックの編隊が向かってくるような異様な圧力がある。

第一陣《じん》は『鉄壁の乙女』に阻まれて、ドスンと地面に落ちた。

魚らしく落ちたら身動きがあまり取れないのかビチビチ跳《は》ねまくっているが、この巨躯《きょく》が跳ねまくるだけでかなりの脅威《きょうい》だ。

第二陣は一陣が阻まれて落下したのを見てなんと空中でUターンをはじめた。

魚型モンスターだが、さすがに羽が生えてるだけあって、ある程度空中で自由が利《き》くようだ。

衝撃《しょうげき》の光景に圧倒《あっとう》されてしまい呆然《ぼうぜん》として、動きが止まってしまった。

「おい、こいつら倒さなくていいのか？」

ルシェの声にハッとなり指示を出す。

「とりあえずこの地面で跳ねてる奴《やつ》らを片付けるぞ。ルシェは『鉄壁の乙女』の効果が切れたらもう一回頼むよ」

指示をすると同時にルシェが『破滅の獄炎』を発動する。

俺は跳ねているトビウオの一匹に狙《ねら》いを定めて魔核銃を発砲。

『プシュ』

飛び跳ねる魚は思いの外《ほか》、ぶれて狙いが外れてしまい、頭ではなく胴体部分にあたってしまった。ただワニ型と違い完全に貫通しているので、問題なく効きそうだ。

そのあと再度狙《ねら》いを定めて目の前で飛び跳ねているトビウオを順番に始末していくが慣れてくると作業効率も上がり問題なく終了した。

ちょっと一息ついた瞬間《しゅんかん》、再び水面が爆発《ばくはつ》して第二陣が突撃《とつげき》してきた。ある意味ワイルドボアの突進よりも怖い。スピードと数と大きさが違う。

『ドンッ！』

次々に障壁《しょうへき》にぶつかる衝撃音《しょうげきおん》とともに目の前の地面には飛び跳ねるトビウオが多数散乱している。

慌てて再度、地面を跳ねるトビウオに向かって魔核銃《まかくじゅう》を発砲し順番に倒すことに成功した。

全部で二十匹近くいるだろう。半分は俺が倒したが残りの半分はルシェが倒してくれた。

「なあ、今度はスキル使いすぎたから、いっぱい魔核ちょうだい。特別におまけして十個でいいぞ」

先ほどと同じで明らかに水増ししている。密集していたのでスキル一発で二匹は倒していたはずだ。

スキル五発で魔核十個。明らかに計算が合わない。

「私もお願いします。できれば五個いただけると嬉《うれ》しいです」

おいおい、シルまで水増ししてきてるんじゃないか？　スキル二発で魔核五個って、レベルアップで燃費が悪くなったとしても三個で大丈夫なはずだ。

油断も隙もないな。

俺はそれぞれに適切な数を渡《わた》して、ブーブー文句が聞こえてきたものの、また今度と言ってスルーしておいた。シルもルシェもあっという間に渡した魔核を吸収してしまった。

それにしても二人共魔核を吸収している時は幸せそうな顔をしている。特にルシェは普《ふ》段《だん》の態度とのギャップを感じるほどに嬉しそうだ。

ただ甘《あま》やかして多めに渡してしまうと、今後の為にならないので心を鬼《おに》にして適切な数の魔核だけを渡してやる。

「そういえば、シルとルシェは魚とか食べる事は無いんだよな」

「いえ、私は普通《ふつう》に食べますよ。神界にも魚はいますので」

「わたしは食べないぞ。やっぱり肉だな肉！　魚より肉がいいからな」

まあルシェはどう考えても肉食系だよな。

「じゃあルシェは魚は食べないんだな」

「いや、食べるけど」

「どっちだよ！」

「わたしは魚より肉が好きなんだよ」

「私は魚も好きですよ」

シルはルシェと違ってイメージ的にも魚の感じがする。

「ところで魔核とどっちが好きなんだ？」

「それはもちろん魔核です」

「そんなこと当たり前だ。魔核に決まってるだろ！」

どうも二人共魔核しか食べないわけでは無いようだけど、やっぱり魔核の方が好きらしい。それにしても巨大トビウオの突撃も壮観《そうかん》だった。今までにないパターンと数だったが、ワニとトビウオが共生している水場って、ここは汽水域なのだろうか？

まあモンスターだから俺の常識の範疇《はんちゅう》にはないのかもしれないな。

トビウオの大群をしとめたあと、このままK—12のメンバーで土曜日に潜る事は難しいと感じた為、アドバイスを求めてギルドまで戻ってきた。

いつものように日番谷《ひつがや》さんのところに並ぶ。

「あの、魔核の買い取りをお願いします」

そう言って八階層で取れた魔核を全部カウンターに出した。

「全部で二十三個ですね。こちらの二十個が一個二千円です。残りの三個が一個二千五百円になります」

「わかりました。それでお願いします」

トビウオの大群のおかげで四万七千五百円にもなった。結構効率よく儲《もう》かったのでテンションが上がる。

「高木様、他のパーティメンバーには分配しなくても大丈夫ですか？」

「え？　今日は一人で潜ってたんで大丈夫ですよ？」

「そうでしたか、失礼いたしました。見たところ八階層の魔石ですのでパーティで潜られたとばかり思ってしまいました。お一人で八階層を潜られるとは大丈夫でしたか？」

「ああ、なんとか一人でもいけました。ただ水場からモンスターが突然現れて襲ってきて心臓に悪いので、なにかいい方法があったら聞きたいと思って」

「そうでしたか」

「他の探索者の方達《たち》はどうしてるんですか」

「そうですね。いくつか対策がありますが、まず一番有用なのは探知系のスキルですね。

ただ購入《こうにゅう》する場合は非常に高額です。人気のあるスキルなので三千万円はします」

「三千万円ですか⁉　それは絶対に無理ですね」

「次に現実的な対処法として多くの探索者の方が使われてるのは魚群探知機ですね。これもいくつかタイプがありまして、紐《ひも》がついていて投げ入れるハンディタイプと、ドローンを飛ばして着水させるタイプに分かれます。ハンディタイプのものは値段は安いのですが、手で投げるには近づかないといけませんので、釣竿《つりざお》を持ち込んでキャストするという手もあります。ドローンタイプは遠隔《えんかく》で飛ばして着水させることができるので、安全面ではこちらをお勧《すす》めします。最近は小型化されておりますので持ち運びも苦にならないかと思います。ハンディタイプは釣《つ》り具《ぐ》店にもあると思いますがドローンタイプはダンジョンマーケットで売られてますよ」

「ちなみに値段はどのぐらいしますか？」

「ハンディタイプの投げ込み式が三万円ぐらいで、ドローンタイプは二十万円ぐらいしますね」

「う～ん。結構しますね。ドローンタイプだと今日の分だけじゃ足りないですね。ありがとうございます」

正直安い方に惹《ひ》かれる。自分一人で潜る用なら、迷う事なくハンディタイプ一択《たく》だろう。

しかし、今回はパーティメンバーがいる。俺以外はみんな女の子なので、できる限りリスクを減らしておきたい。

どう考えてもドローンタイプを買うしかない。これはもう明日の探索で稼ぐしかない。

今日の分を差し引いて十五万円。一日の稼ぎとしてはかなり高額だがやってやる。

次の日俺はハンターと化した。手段を選んでいる余裕《よゆう》はない。

シルにできるだけ魚群らしき敵を探してもらって『鉄壁の乙女』の中から魔核銃を乱射してとにかく魔核を回収する。

途中、魚群ではなく巨大なウーパールーパーのようなモンスターが出現し、その珍妙《ちんみょう》な姿にちょっと油断していると、いきなり溶解液《ようかいえき》を吐《は》き出してきて、危《あや》うく骨だけにされるところだった。やはり八階層は甘くない。

その他にも角の生えた巨大な魚や、巨大なカワウソの様なモンスターも出現したが、いずれのモンスターも『鉄壁の乙女』に阻まれて相手にならなかった。ただ、明日シル達抜《たちぬ》きで戦ったら結構な難敵だろう。

この階層はモンスターの種類が今までで一番多いかもしれない。

狩って狩って狩りまくる守銭奴《しゅせんど》ハンターになりながらも、集中しすぎて結構遅くなったので今日はもう帰ることにする。

明日、朝一で換金《かんきん》して、ドローンを買ってからメンバーと合流することにしよう。

きっとみんな喜んでくれるはずだ。


翌日、俺は昨日の魔核を売却《ばいきゃく》するためにギルドに向かった。

「魔核の売却お願いします」

魔核は全部で四十五個あった。金額にして九万二千五百円、昨日の分と合わせて十四万円。かなり頑張ったが二十万円には届かなかったので、自分の貯金から六万円を引き出しダンジョンマーケットへ飛行ドローン型魚群探知機を購入しに行った。

お店の人に確認《かくにん》すると、一番安いもので十九万九千八百円だった。二十万円渡してお釣りがたった二百円。

なんとも言えない虚《むな》しさを覚えるが、これがあればみんなの安全が買えると思えば安いものだ。

目的のドローンを手に入れ、俺は待ち合わせ場所に向かった。

「おはよう」

どうやら買い物のせいで俺が最後だったようだ。

八階層に臨むにあたって、昨日までの経験をレクチャーしておく。

「八階層は、知ってると思うけど、水辺エリアになっていて突然ワニやトビウオ型のモンスターが飛び出してくるんだよ。ワニはゴーレムほどじゃないけど硬いし、トビウオは巨大な奴が集団で突進してくるから要注意だ。そもそも気配が感じられないから迂闊《うかつ》に水辺には近づいちゃダメだよ。そのほかにもウーパールーパーみたいなやつは溶解液を吐き出すから要注意だから。まあ、安心してほしい。モンスターの探知の為《ため》の秘密兵器がこれだ」

「ドローン？」

「ドローン型の魚群探知機だよ。これで遠くからでもモンスターの居場所がわかるんだ」

「すご〜い。海斗なんか準備良すぎない？　なんか見てきたような口ぶりなんだけど」

「昨日と一昨日、下見を兼《か》ねて少しだけ潜ってきたんだよ」

「海斗って平日はソロなんだよね。一人で八階層に潜ったの？」

「あ、ああ。もちろんじゃないか。普段の俺はロンリー探索者だからね。ははは」

「ふ〜ん。ロンリー探索者ね〜なんか隠《かく》してない？」

「い、いや。な、何も無いって。嫌《いや》だな〜ははは」

「まあいいけど。それじゃあ早速《さっそく》向かいましょうか。ところで海斗、その格好は何？」

「何ってカーボンナノチューブのスーツにライフジャケットじゃないか」

「それはわかるんだけど八階層ってダイビングスポットでもあるの？」

「そんなものあるわけないだろ。何言ってるんだよ」

「なんかその格好ってスキューバーダイビングをしに行くようにしか見えないんだけど、本当にそれで行くの？」

「なんか失礼な言い方だな。すでに昨日も一昨日もこの格好で探索済みだよ」

「一人でその格好で潜ったんだ。よく大丈夫だったわね……」

「いや、全然大丈夫だったけど」

ミクがなんか失礼な事を言ってくるがこの格好の何が問題だというのだろう。水辺の戦《せん》闘《とう》には最適の格好だと思うのだが、ミクのセンスを疑ってしまいそうになる。

「それじゃあ早速、八階層に行こうと思うけど、ミク、よかったらこれを使ってみて。俺が前に使ってたやつだけどスナッチが離《はな》れた時に自衛にも使えるし、うまく使えば十分モンスターも倒《たお》せるから」

俺はそう言ってミクに俺が使っていたクロスボウを渡した。スナッチが戦っている間のミクが完全にフリーになっていたのが気になったので戦力強化の意味でもボウガンは有用だと思ったのだ。

「ありがとう。使ったことないけど頑張ってみるわ」

その後、遂にK―12のメンバーで挑戦する事となった。昨日迄《まで》とは違う緊張《きんちょう》感がある。

とにかく安全を第一に考えながらやろう。

八階層の探索を始めるとすぐに水辺のエリアに出た。

「よし、ここからドローンを飛ばすから、みんなも少し離れて待っててよ」

俺は買ったばかりのドローンをセットしてコントローラーで水辺まで飛ばして着水させた。すぐさまスマホの画面で水中の様子を見る。

どうやら近くに大きいのが二体いるのが確認できる。さすがは十九万九千八百円払っただけのことはある。

「みんな、水中に二体いるから注意してくれ」

そう言ってメンバーに臨戦態勢を促《うなが》した瞬間、水面が爆発してワニ型モンスターが、なんとドローンをくわえてそのまま水中に戻《もど》って行ってしまった。

「え!? 俺のドローンが……」

俺のドローンを餌《えさ》かなにかと間違えたのだろうか、くわえて消えてしまった……

俺が十九万九千八百円出して購入したドローンが一瞬にして消え去ってしまった。

処女航海でそのまま帰らぬ人になってしまった。まるであの有名な豪華《ごうか》客船のようではないか。

「ノ〜!! カムバック!」

口から魂《たましい》の叫《さけ》びが漏《も》れてしまった。

こんなことってあるのか？　あっていいのか？

漫画《まんが》とかではありそうなオチだが、実際にやられると洒落《しゃれ》にならない。

俺は戦闘の前に生きる屍《しかばね》と化してしまった。

「ねえ、海斗、しっかりして。モンスター来ちゃうわよ。戻ってきて！」

何か遠くでミクの声が聞こえる気がする。そういえば俺は今何をしているんだろうか。

もうこのまま貝になりたい。

「しっかりしなさい」

『バッチーン！』

あいりさんの声と共に右頬にすごい衝撃と痛みが走った。

え？　今俺、ほっぺた叩《たた》かれた？

突然現世に呼び戻されて覚醒《かくせい》したものの、今度は、女性にほっぺたを叩かれた事にショックと動揺《どうよう》を隠せなかった。

「ドローンは残念だったが、今はモンスターに備えるのが先だ。しっかりしろ」

「あ、ああ、そうですね。モンスターね。モンスター……」

ちくしょ～。絶対に許せない。あのワニ野郎《やろう》、絶対にミンチにしてやる。俺のドローン

返せ！

失われたドローンの最初で最後のお仕事のお陰《かげ》で敵が二体なのはわかっている。

「みんな、さっきのワニ野郎は俺がしとめるから、三人で残り一体の対応を頼《たの》む。水際《みずぎわ》から離れて、上がってきたら『アースウェイブ』で足止めして、そのあとは距離《きょり》を保ちながら攻撃してくれ」

指示を出してから、俺が少し水辺に近づくと、ワニ型モンスターが二体飛びかかってきた。左側の個体を見ると、開けた口の中のギザギザの歯にドローンの残骸《ざんがい》が引っかかっていた。

それを見た瞬間、俺の中で何かが切れた。

「うぉぉ～！　ふざけんなこのワニ野郎。俺の努力と時間と金を返せ！」

感情が爆発して、冷静な判断ができなくなってしまった所為《せい》で、正面から突っ込んでいった。

『ウォーターボール』

怒《いか》りは恐怖《きょうふ》をも凌駕《りょうが》するらしい。

魔氷剣《まひょうけん》レイピア型を発動させて、そのままワニ型に攻撃を加える。

巨大な顎門《あぎと》を結構なスピードでこちらに向けて攻撃して来ようとするが、今の俺には何でしかない。

も恐れるものはない。

素早《すばや》く避けて再度攻撃《こうげき》を加えるが、避けながらの為、刺突が浅い。

再度、体勢を立て直して攻撃をはかる。

普段なら恐怖の対象であるはずのギザギザの牙《きば》も、ドローンの残骸を見ると怒りの対象でしかない。

「くっそ〜十九万九千八百円だぞ！　バカにしやがって！」

怒りを乗せてレイピアをワニ型の頭に突き刺《さ》す。今度は手ごたえ十分だったが、怨念《おんねん》を込めて吹き飛べと念じた。

『ドバァン！』

俺の怒りに呼応したのかいつもよりも派手に爆散したような気がする。

それを見て少しだけ気が収まったのですぐにもう一匹《ぴき》の方を向くと、『アースウェイブ』にハマったワニ型が、あいりさんとスナッチに切り刻まれていた。

スナッチの『かまいたち』もゴーレムには効果が無かったが、ワニ型には十分な効果を発揮しているようだ。

しばらく待っているともう一体のワニ型モンスターも消失した。

戦闘が終わると、ドローンの仇《かたき》はうてたものの非情な現実を前に虚無感《きょむ》が再度訪《おとず》れた。

「海斗、しっかりしろ。八階層はこれからだぞ」

『バッチーン！』

今度は左頬に鋭《するど》い痛みが走った。

またほっぺたを叩かれた。痛い。

「でも、ドローンが無いとこれからの探索が難しいんですよ。今みたいなのが突然現れるんで危ないいんです」

「何か他にいい手はないのか？」

「他にいい手ですか？　う〜ん。ミク、スナッチって敵の探知とかできないのか？　サーバントにはそういう能力がある奴もいるみたいだぞ」

「え〜そんなのやらせたことがないからわからないわよ」

「スナッチと会話はできるのか？」

「会話は無理だけど、何となく伝えたい事はわかるし、こっちの指示は理解してくれてる感じ」

「じゃあスナッチに敵の探知をしてもらってみてくれ」

「じゃあ、頼んでみるわ」

「スナッチ、敵がいたら教えてくれるかな。お願いね」

そう言いながら再度探索《たんさく》を始めて程《ほど》なく別の水辺エリアに出たが、スナッチがミクに
「キューキュー」

と鳴き声を上げている。

「多分、敵がいるんだと思う。みんな注意して」

水辺から距離をとって注視していると、ウーパールーパー型が二匹飛び出してきた。

どうやら本当にスナッチが探知したようだ。

これなら最初からドローンはいらなかったんじゃないだろうか。

まあ詳《くわ》しい数までは分からなそうだから健在であれば意味はあったかもしれないが……

みんなのことを考えて張り切って購入したのにちょっと虚しい。

ウーパールーパーを初めて見たのは多分小学生の時にペットショップに連れて行ってもらった時だと思う。

特異な風貌《ふうぼう》に興味を惹かれた記憶がある。いわゆるキモかわいい感じで親に買って欲《ほ》しいとせがんだが、あえなく却下《きやつか》されたおぼえがある。

しかし、このウーパールーパー型モンスター、風貌はウーパールーパーそのものなのだがサイズが三メートル近くある。正直このサイズのウーパールーパーはキモかわいいを大きく逸脱《いつだつ》して、単純に気持ち悪い。

近づくと生理的嫌悪《けんお》感を覚えてしまう。

しかもこいつは溶解液を口から吐き出すので、ノーダメージで倒す必要がある。

「こいつは、最初に話したように溶解液を吐くから気をつけて。スナッチと俺で遠距離攻撃《えんきよりこうげき》だ。ミクもできたら攻撃に参加してみて。ヒカリンは後方から支援《しえん》、あいりさんは、いつでも出られるように待機をお願いします」

そう指示を出して、ウーパールーパー型と距離を測りながら攻撃に移ろうとした瞬間
『トスッ』

「え?」

ターゲットのウーパールーパー型にボウガンの矢が刺さっていた。

唖然《あぜん》としていると更《さら》に矢が刺さってウーパールーパー型は消失してしまった。

もう一体もスナッチの『かまいたち』に切り刻まれてあっという間に消失してしまった。

「きゃ〜ミクさんすごいです。あっという間に倒しちゃいましたね。ボウガンかっこよかったです。使ったことあったのですか?」

「ううん。初めてだけど、狙って撃《う》ったらなんか当たっちゃった」

「すごいですね。私もボウガン使ってみようかな」

初めてでこの感じ?

戦力になって欲しくてボウガンを渡したし、いきなり戦力になってくれて嬉《うれ》しいんだけど、ちょっと複雑だ。俺《おれ》の出る幕がなかった。

なんかミクすごいな。

「まあ、うまく倒せてよかった。今後もウーパールーパー型は今の要領で倒していこう」

それからしばらく探索《たんさく》していると今度もスナッチが
「キューキュー」

と鳴き始めた。どうやら本当に敵を探知できているようだ。

四人で水面を凝視《ぎょうし》して集中していると今度もウーパールーパー型が三体現れた。

「みんな、さっきよりも数が多いから慎重にいこう。とにかく距離を保って遠距離攻撃でいこう」

そう言って臨戦態勢に入る。今度はさすがに俺の出番もあるだろうと思い慎重に一番左の個体に魔核銃で狙いを定める。

『ドシャーン』

「え？」

目の前のウーパールーパー型に突然炎雷《とつぜんえんらい》が炸裂《さくれつ》して、頭部を破壊《はかい》し消失してしまった。

一体何が起こったのか理解できずに、唖然として振《ふ》り返るとヒカリンが『ファイアボルト』を発動したようだった。

こちらもスナッチの『かまいたち』同様ゴーレムには通じなかったが、ウーパールーパー型には十分な威力《いりょく》を発揮していた。

ヒカリンの『アースウェイブ』が有用すぎて、『ファイアボルト』の存在を完全に忘れてしまっていた。

突然のでき事にちょっと動揺してしまったが、気を取り直して残りの二体に向かおうとすると、すでに戦闘は終わりかけていた。

先程《さきほど》の戦闘と同じように、スナッチが『かまいたち』で切り刻み、ミクがピストルボウガンでウーパールーパーの頭を正確に射抜《いぬ》いており、見ている間に二体とも消失してしまった。

また今回も俺の出番が一切なかった。

七階層のゴーレムの時は相性《あいしょう》の問題でそれほど目立ってなかったが、うちのパーティメンバーってひょっとして結構強いんじゃないだろうか？

強いと言うか、なんか俺と違って才気を感じる。

まだパーティを組んで日は浅いが、ちょっとパーティでの立ち位置に不安を覚えてしまう。

これからもパーティに捨てられないように頑張《がんば》らなくてはいけない。

「みんな、ウーパールーパー型は問題なく倒せそうだから、一番気をつけないといけないのは魚群だと思う。俺が遭遇《そうぐう》したのはトビウオ型だったけど他の魚もいるかもしれない。うちのパーティには強力な盾役がいるわけじゃないから、大群で来られると押《お》し切られかねない。だから戦略を決めておこう。正直、こっちまで到達《とうたつ》されたらやられると思う。だから、ある程度距離《きょり》をとって俺とミクとスナッチ、ヒカリンの一斉掃射《いっせいそうしゃ》で弾幕《だんまく》を張るしかない。撃ち漏らして近づく敵はあいりさんが薙刀《なぎなた》で叩き落として再度撃墜《げきつい》するしかありません。地面に落としてしまえばあとはどうにでもなるから」

「なんかパーティ戦って感じがするよね。ちょっとわくわくしちゃうわね」

「いや、そんないいもんじゃないいんだけど。あの大軍を目にしたら圧倒されると思うよ」

「わたしも頑張るのです」

「私は出番が無い方がいいようだな」

みんなで打ち合わせを終了《しゅうりょう》して探索を続けていると
「キュー、キュー」

スナッチが鳴き始めた。

全員が一斉《いっせい》に水面を注視していると炸裂音《さくれつおん》と共にワニ型とビーバー型？　のモンスター

が飛び出てきた。

　ワニ型を見ると再び怒りがこみ上げてきた。ドローンを食べた個体とは別の個体だとはわかっているが、見るだけでムカムカする。ワニ型は俺の敵だと魂に深く刻み込まれたらしい。

「ワニ型は俺がやるから、ビーバー型をみんなで頼む」

「私も手伝おう」

「あ、ああ、そうですね。お願いします」

　結局俺とあいりさんでワニ型を相手にすることになった。

　あいりさんが薙刀のリーチを活《い》かして正面から牽制《けんせい》しながら距離を保つ。

　俺はその間に魔核銃でワニ型の目を狙う。ちょっと難易度が高いが目を潰《つぶ》せば楽勝だろう。

　しっかり狙ったつもりだったがつぶらな瞳《ひとみ》に一撃《いちげき》では命中せず、二発目でどうにか当てることができた。

　当たった瞬間にあばれまくっているので効果は抜群《ばつぐん》だったようだ。

　潰れた目の死角側から後ろに回り込み尻尾《しっぽ》の動きに気をつけながらバルザードを背側部に差し込んで消滅《しょうめつ》に成功した。

隣《となり》を見るともう戦闘は終了していた。まあ一体にあの二人と一匹が総がかりになったら勝負は一瞬《いっしゅん》でつくだろうと思う。

「今日は初日だし次の戦闘で帰ろうと思うんだけどいいかな」

「「はい」」

その後帰りながら探索を続けていると
「ミュー、ミュー、ミュー、ミュー」

スナッチがさっきまでと明らかに様子が違《ちが》う。

「みんな注意してくれ、魚群かもしれない。横一列に並んでくれ。撃てなくなったら後ろに下がって」

魚群の可能性が高いと感じ指示を出すが、このメンバーで初めて対応するので不安がないといえば嘘《うそ》になる。

いざとなればシル達を召喚《しょうかん》する必要があるかもしれない。

覚悟《かくご》を決めて敵の出現を待つ。

水面が一斉に爆発して魚群が迫《せま》ってくるがトビウオではない。これはボラか？　トビウオよりも大きく羽は生えていないがすごい勢いで飛んでくる。

驚《おどろ》く間もなくすぐに魔核銃を撃ち始めると、ほぼ同時に他のメンバーも照射を始める。

とにかく撃ちまくる。十発はすぐに撃ち終わり『ウォーターボール』を連発する。ただ俺の『ウォーターボール』は着弾《ちゃくだん》まで拘束《こうそく》がかかるのでどうしても連射速度は劣《おと》ってしまう。

ちょっと気持ちは焦《あせ》るが平静を装い手にはバルザードを構える。

横目で周りを確認するとミクはすでにボウガンの矢を撃ち切って下がっている。

ヒカリンとスナッチはスキルと魔法《まほう》を連発している。

特にスナッチは見えない風の刃《やいば》を間髪《かんはつ》いれずに連射しているようで風の刃の弾幕が張られているのか、ボラが近づいて来れる気配は一切ない。

俺もウォーターボールを五発放ったところで、全《すべ》てのボラ型モンスターを消失もしくは地面に叩き落とすことに成功した。

魔核銃のマガジンを装填《そうてん》し直し、あいりさんと一緒《いっしょ》にビチビチ跳ねているボラ型モンスターを始末していった。巨大マグロを超《こ》える大きさの巨大ボラの群れは圧巻だったが、思っていたよりもずっとスムーズに勝つことができた。

やはりこのパーティの中遠距離攻撃は秀逸《しゅういつ》だと思う。

今回の反省は、迫り来る巨大なボラにびびって焦ってしまい、マガジンの再装填ではなく咄嗟《とっさ》に『ウォーターボール』を選択《せんたく》してしまった事だろう。連射速度が落ちた上に決して多くない俺のＭＰが激減りしてしまった。

今度はもっと落ち着いて対応しよう。

ボラの大群の魔核《まかく》を拾い集めて先を急ごうとするが、去り際に不意をつかれ水中からの攻撃《こうげき》を受けてしまった。一番前にいた俺は反応が遅《おく》れ、もろに攻撃を食《く》らってしまい、多分胸骨を骨折してしまった。呼吸が苦しく、まともに戦えそうにないので、すぐに低級ポーションを使いリカバリーした。

今の攻撃は多分鉄砲魚《てっぽううお》の類《たぐい》ではないだろうか？　未《いま》だに姿が見えないのではっきりした事は分からないが、去り際に突然《とつぜん》、凄《すご》い勢いとスピードで水が飛んできて俺にヒットした。強烈《きょうれつ》な痛みと衝撃を受け、吹《ふ》き飛ばされてしまったせいで呼吸ができなくなってしまった。若干《じゃっかん》パニックになりながらも、なんとか常備していた低級ポーションを使用して今に至る。

今回の攻撃は玉ではないが、まさに『ウォーターボール』を食らったらこんな感じだろうか。

「海斗、本当に大丈夫《だいじょうぶ》？　休んだほうがいいんじゃないの？」

「いや大丈夫だ、それよりもあの水鉄砲《みずでっぽう》に気をつけて極力後ろに下がって」

見ているとまた水の塊《かたまり》がこちらに向かって飛んできたが、今度は横《よこ》っ跳《と》びに避《よ》けた。

しかし相手は水の中から攻撃してくるだけで、姿を現す気配は一切《いっさい》ない。

こうなったらあれしかない。

「みんな撤退《てったい》しよう。前を向いた状態で警戒《けいかい》しながら後退して離脱《りだつ》するよ」

「え？　逃《に》げるのか？」

「はい。悔《くや》しいかもしれませんがお願いします」

「わかった。指示に従おう」

俺たちはそのままゆっくりと後方へと下がって行き戦線を離脱した。

「すいませんでした。今回の敵を想定していませんでした。あの場では対処法を思いつかなかったので、とにかく撤退することにしました」

「いや。正しい判断だったと思う。私も対処法を思いつかなかったが、撤退を思いつかなかった。むしろあの場で撤退できる海斗を尊敬するよ」

「私も海斗が攻撃を受けて危ないと思ったら、自分でポーション使って立て直して、冷静に撤退できるってすごいと思ったわ」

「わたしもです。みんな無事でよかったのです」

「そう言ってもらえると助かるよ。今後もあんな感じの敵が出るかもしれないから、水中からの攻撃も最大限注意して行こう。対処法も今のところ思いつかないから、とにかく今後も出会ったら撤退を一番に考えよう」

ちょっと格好悪いが、自分で対処できない敵を無責任に他の三人に任せるわけにはいかない。安全が最優先なのだけは譲《ゆず》れない。

もしかしたら『ウォーターボール』による氷槍《ひょうそう》の攻撃であれば水中の敵にも有効かもしれないが、場所が特定できない状態で放っても致命傷《ちめいしょう》を負わせることは難しいだろう。

「ちょっと頼《たよ》り無《な》いところがあると思っていたが、ああいう判断がちゃんとできるとは意外だったよ」

「そうですよね。私も撤退って思いつかなかったんで、撤退って言われた時に戸惑《とまど》ったんですけど、なかなか女の子の前で撤退って言えないですよね。逆にちょっと評価上がりました」

「前から忍者《にんじゃ》っぽいと思ってたけど、行動も忍者っぽいのです。SHINOBIです」

女の子三人がコソコソ何かを話し合っている。

おそらく撤退した事を非難しているのだろう。確かに男としては格好悪いが、これぱっかりはどうしようもない。パーティメンバーから追放されないよう頑張るしかない。

「それはそうと来週も土曜日に待ち合わせでいいですか？」

「私、来週は土曜日用事あるから無理」

「すまない、私も大学で用があるんだ」

「そうですか。二人が休みだと厳しいので、来週は日曜日に集合ということにしましょう」

ミクも女の子だしプライベートの用もあるのだろうし、仕方がないので来週の土曜日はシルとルシェで潜《もぐ》ろうかな。

俺はこの時、あいりさんとミクが一緒に休みを取ることに何の疑問も持たなかった。

教室で席に座《すわ》ってぼ〜っと八階層の事を考えていると、珍《めずら》しい事に葛城さんから声をかけられた。

「高木くん、今週末の王華《おうか》学院のオープンキャンパス行くでしょ？　よかったら待ち合わせて一緒に行かない？」

「え？　オープンキャンパス？」

「もしかして今週あるの知らなかった？　学生だったら誰《だれ》でもＯＫだからよかったら一緒《いっしょ》に行ってみようよ」

「い、いや。もちろん行こうと思ってたよ。うんオープンキャンパスだよねオープン」

「そう、よかった。じゃあ駅前に九時でいいかな？」

「もちろんいいです」

「あ〜俺らも一緒に行ってもいいかな、参考の為にオープンキャンパスに行ってみたいんだけど」

突然後ろから真司と隼人が声をかけてきた。

「もちろんいいよ。みんなで一緒に行こうよ」

なぜかこのやり取りで四人で王華学院のオープンキャンパスに参加することになった。

もちろんオープンキャンパスの事は初耳だったので声をかけてもらって良かったが、なぜか隼人と真司もついてくるらしい。

「おい、なんでお前ら二人もついてくるんだよ。王華学院志望じゃないだろ」

「いや、まだ一度もオープンキャンパスに行ったことがないからちょっと興味があってな。こういうのって一人とかだと行きづらいだろ。もしかしたら出会いもあるかもしれないし。まあ海斗の邪魔《じゃま》はしないからよろしく頼む」

放課後はいつも通りシルとルシェと三人で一階層に潜ってスライム狩《が》りに励《はげ》んでいたが、遂《つい》に土曜日を迎《むか》えオープンキャンパスに行くことになった。

私服でいいとの事だったので、前回葛城さんに選んでもらった服を着て駅に向かう。

駅には三人ともすでに着いており、俺が最後だった。

挨拶《あいさつ》を済ませてみんなで電車に乗り込む。

「大学ってどんなところなのか楽しみだよね。私オープンキャンパスって初めてなんだよ」

「「俺もです」」

「ところで葛城さんは、王華学院志望なんですか？」

「うん、そうだよ。高木くんも王華学院志望だよね」

「はい、もちろんです」

「ふ〜ん。そうだったんだ。初耳だよな隼人」

「ああ、初耳だな真司。海斗が王華学院ね〜。ふ〜ん」

「俺《おれ》は前から王華学院一本だぞ。知らなかったのか？」

そんな話をしているうちに、ようやく王華学院に到着《とうちゃく》した。

「おおっ。ここがハイソサエティの集まる王華学院か。門からしてちょっと違うな」

「おおっ。なんか外国の城みたいな門だな。これ見ただけでテンション上がるな」

隼人と真司は、はじめてのオープンキャンパスにちょっと舞《ま》い上がり気味だ。

受付で記帳しようと並んでいると受付係の一人が
「あれ？　海斗じゃないか？　こんなところで会うとは奇遇《きぐう》だな、もしかしてうちの学院志望だったのか？」

と声をかけてきた。

「ああ、あいりさん。用事ってオープンキャンパスの事でしたか。俺が王華学院志望なの言ってませんでしたっけ」

「ああ、初耳だな。ところでそちらの可愛《かわい》い子は彼女《かのじょ》さんか？」

「いえ、違いますよ。クラスメイトですよ。いやだな～彼女だなんてあるわけないじゃないですか」

「そうなのか。まあ楽しんで行ってくれ。入学してきたら後輩《こうはい》だな。よろしくな」

「はい。こちらこそよろしくお願いします」

そう言って記帳を済ませて中に入って行くと
「高木くん、今の綺麗《きれい》な人とはどういった知り合いなのかな？」

「え？　いやダンジョンで……」

そこまで答えた瞬間《しゅんかん》になぜか周囲の気温が急激に下がったような錯覚《さっかく》を覚えて言葉に詰まってしまった。

一体どうした？　何が起こった？

「いや～実は俺らもあの人のことちょっと知ってるんだよね。海斗と三人で潜った時にちょっと助けてもらったんだよな、真司」

「そうそう。あいりさん。あいりさんだよな。助けてもらったんだよ、なあ海斗」

正直二人が何を言っているのか理解できなかったが、普段《ふだん》俺の中の奥深《おくふか》くに眠《ねむ》りこけている本能が警鐘《けいしょう》を鳴らしているので、訳も分からず

「ああ、そうそう。三人の時に助けてもらったんだよ。三人の恩人なんだよ」

「そっか。恩人だったんだね。高木くんのことを助けてくれたんだね。それじゃあ私も感謝しないといけないね」

その瞬間気温が元に戻った気がした。

一体今のはなんだったんだ？　天変地異の前触《まえぶ》れか？　誰かが特殊《とくしゅ》能力でも使ったのか？

しかしなぜ、俺たち三人を助けてもらったら、葛城さんが感謝しないといけないのだろう？

やはり、天使な葛城さんはクラスメイトの恩人にも感謝の気持ちを忘れないのだろう。

葛城さんの天使っぷりを再確認してしまった。

あいりさんと会った直後、隼人と真司に誘《さそ》われて一緒に王華学院のトイレの中にきている。

「おい海斗、さっきのって、もしかしてパーティ組んだって言ってた女の人か？」

「ああそうだけど。それがどうした？」

「どうしたじゃないだろ。あんな美人の人とパーティか。正直羨《うらや》ましいけど絶対まずいだろ」

「まずいってなにが？」

「おいおい、まじかよ。俺らが庇《かば》ってやらなかったらさっきので大変なことになってたぞ」

「俺も修羅場《しゅらば》かと思ってとっさに合わせちゃったけど、あれはちょっとやばかったな」

「いや、だから何がだよ」

「葛城さんに決まってるだろ。お前正気か？　あれがわからないのか？」

「葛城さん？　まあなんかおかしかったような気はするけど、気のせいだろ」

「海斗、もう死んだ方がいいぞ。その方が世のためになるから」

「どうやら本気で言ってるみたいだからアドバイスしとくけど絶対に葛城さんにはあの人とパーティ組んでることは内緒《ないしょ》にしろよ。お前の友達として最後のアドバイスだ」

「まあよくわからないけど、隼人がそこまで言うなら内緒にしとくよ」

トイレでの会話を終え、葛城さんと合流してキャンパス内を見て回る。

高校とは違うスケール感と大人感にちょっと圧倒《あっとう》されながらも、将来葛城さんと通っている姿を妄想《もうそう》して、ニヤついてしまった。

今日は学生食堂も解放されており、四人でお昼を取ることにした。

俺のランチは唐揚《からあ》げ定食で四百三十円だ。さすがは学食、安い上にうまい。

四人で学食の話やキャンパスの話をしていると
「あれ⁉　海斗じゃない？　なんでここにいるのよ」

「ああ、ミクじゃないか。そうか用があるってオープンキャンパスのことだったのか。そういえば言ってなかったっけ、俺、王華学院志望してるんだよ」

「え⁉　そうなの。じゃあ受かったら同じ学校だね」

「まあそうなるな。まあ受かったらよろしくお願いします」

「それはそうと隣の可愛い子は、まさか彼女さんじゃないよね」

「え？　そんなことあるわけないだろ。葛城さんはただのクラスメイトです」

「ふ～ん。そうなんだ。じゃあ私友達待たせてるからまたね」

「ああ、じゃあね」

「高木くん。さっきの可愛い人は誰ですか？」

「ああ、ミクはダンジョン……」

そこまで言うと朝受付で感じた以上の周辺温度の低下を感知して俺の生存本能が口を閉じさせた。

「葛城さん！　彼女は俺と隼人でパーティを組もうかって話してる相手なんだよ。海斗とダンジョンで知り合いだったみたいで紹介《しょうかい》されたんだよ。なあ隼人」

「ああ、そうそうミクね。可愛いから俺と真司でちょっと取り合いになってて、海斗にも相談してたとこなんだよ、なあ海斗」

「え、ああ、そう、そうだよ。俺が二人に紹介したんだよ。まだうまくパーティ組めるかはわからないけど」

「ふ〜ん。そうなんだ。朝の人もだし探索者の人って綺麗な女の人多いの？」

「いや、ほとんどいないよな隼人」

「うんほとんど見た事ない。あの二人が特別なだけだよ。殆《ほとん》ど男しかいないよなあ海斗」

「そうだな。探索者は殆ど男だけどたまには可愛い子もいるかな〜」

なぜかこの瞬間周りにブリザードの幻影《げんえい》を見た気がした。

「いやほんとに殆どガチムチ系の男ばっかりだから、なあ隼人」

「ああ、もうそれは男の職場って感じだよなあ海斗」

「そうなのかな高木くん」

「まあそれはそんな感じだね。結構危ないし。男性比率はすごく高いよ」

「高木くんはさっきの人達のどっちがタイプなのかな？」

「いやいや、何言ってるの？　どっちもそんなの考えたこともないよ。俺のタイプは……」

「高木くんのタイプは？」

「うっ……それは近々、葛城さんにお伝えできればと思って……」

「ふ〜ん、そうなんだ」

そう言った瞬間温度が平温に戻った。

一体何が起こっているんだ？　やはり天変地異の前触れなのか？　何やら幻影まで見えた気がするし俺はおかしくなったのだろうか？

「そう言えばさっきの二人とも高木くんのこと海斗って呼んでたよね。高木くんも二人の事名前で呼んでたけど探索者の人ってみんなそうなのかな」

「まあ、名前で呼びあうのがスタンダードなんだよ、なあ隼人」

「おう、俺たちも名前で呼びあってるよな海斗」

「うん、まあそうかもしれないね」

「そうなんだね。じゃあ私も海斗って呼んでもいいかな。小さい時はそう呼んでたでしょ？私のことも昔みたいに春香《はるか》でいいからね」

「名前で呼ぶんですか⁉　は、はるかちゃん」

「海斗、はるかでいいよ」

「うん。いい感じ。これから学校でもこれで行こうね」

なぜか先ほどと打って変わって、太陽が降り注ぐような暖かさを感じる。葛城さんとなぜか名前で呼び合うようになってしまったが、葛城さんが満面の笑《え》みを浮《う》かべているのでどうでもよくなってしまった。

そのあと真司と隼人にまたトイレに誘われた。

「おい、海斗、まさかと思うけどあのミクって可愛い子、パーティメンバーの一人じゃないよな」

「え？　そうだけど」

「ひとつ聞くが、もしかしてもう一人のメンバーも可愛いのか？」

「ああヒカリンか。俺はアイドルっぽくて可愛さだとメンバーの中でも一番だと思うけどな」

「海斗、お前このやばさに気づいてるのか？」

「いや、何の話だよ？」

「絶対にミクちゃんともパーティ組んでる事、葛城さんには言うなよ。もう一人の子のことも絶対に言うな」

「言わない方がいいのかな」

「当たり前だろ。そんな事より真司、さっき俺ブリザードの幻影が見えたんだけど」

「ああ、俺もはっきり見えた。俺の第七感が完全に覚醒《かくせい》した。海斗、ほんとうに一回死んだ方がいいぞ」

「なに言ってるんだよ。失礼なやつだな」

とりあえず、二人がどうしても黙《だま》っておけと言うので葛城さん、いや春香にはパーティメンバーの事は当分伏《ふ》せておくことにした。

朝からメンバーが俺を放っておいてコソコソやっている。

「あいりさん、昨日のオープンキャンパスで私海斗《かいと》とあったんです。しかも聞いたら王華学院受験するそうなんですよ」

「ああ、私も受付であったんだが、それを聞いてびっくりしたよ」

「あと、友達と来てたっぽいんですけど、そのうちの一人がめちゃくちゃ可愛い女の子だったんですよ。海斗の隣に座ってたんでありえないとは思ったんですけど、彼女か聞いてみたんです。ただのクラスメイトだって言うんですけど、どう思います？」

「ああ、その子なら私も見たよ。可愛かったから、私もないとは思いながらも彼女か聞いてみたんだ。そしたら同じく、クラスメイトだと言っていたよ」

「え～海斗さん女連れだったんですか？　ひょっとして結構モテるんですかね？」

「最初はモテないだろうと思ってたけど、一緒に潜ってると結構周りに気を遣《つか》えるし優《やさ》しいし、最近モテてもおかしくないかなとは思えてきたわ」

「そうだな。パーティ組む前は、普通《ふつう》のモテない男の子に見えたんだが、パーティ組むと人が変わったように指示を出したり、自分から周りを庇うそぶりが見て取れて、中身は思いのほか偏差値《へんさち》高いのかとは思うが」

「う～ん。そうですよね。最初は普通な感じでしたが、だんだんお兄ちゃんな感じに見えてきたのですよね」

「やっぱり三人共、結構評価高いから、モテるのかもしれませんね。あんな感じだけど」

「まあ、ちょっと怪《あや》しいからそれとなく観察を続けよう」

「はい。わかったのです」

何かいつもと違う雰囲気《ふんいき》を感じてしまう。なんかシルとルシェのコソコソ話に共通する妙《みょう》な圧力を感じる。こういう時はスルーするに限る。

「今日も集中していきますよ。まだまだ未知のモンスターも出るかもしれませんからね」

「海斗さん彼女いるんですか？」

「へっ？　いやもちろんいないけど。突然なに？」

「いえ、いないならいいのです」

脈絡《みゃくらく》も無く突然の質問にびっくりしたが、なんだったんだろうか、ダンジョンに集中しようといったばかりなのに。

「キューキュー」

スナッチが鳴き始めたので臨戦態勢に入る。

水面に集中しているとそこにはカニが三匹《びき》出現した。多分ガザミの仲間だろう。ただ大きさは、カニ専門店の動く看板ぐらいはある。ロストせずに食する事ができないものかと一瞬考えてしまったがこればっかりは仕方がない。

おそらくこのサイズのカニの甲羅《こうら》なのでゴーレム並みの硬《かた》さがあるんじゃないだろうか？

「まず俺が魔核銃《まかくじゅう》で撃ってみるから、もし通じないようだったらスナッチとミクは牽制に回って。ヒカリンは『アースウェイブ』で足止めと、もしかしたらカニだから『ファイアボルト』が有効かもしれない。一応試《ため》してみて。あいりさんと俺でいきますよ」

「ああ、この階層に来てからあまり活躍《かつやく》の場がなかったから丁度よかった」

俺は狙《ねら》いを定めて魔核銃を発砲《はっぽう》するが、予想以上に殻《から》は固く傷一つつけることはできなかった。

この瞬間作戦は決まった。

俺とあいりさんが前に出る。

カニに向かっていこうとした瞬間、カニがすごいスピードで横歩きを始めた。

「速っ！」

カニってこんなに高速移動できるもんなのか？　巨大《きょだい》なカニが横方向に、猛《もう》スピードの車並みの速度で移動している。普段《ふだん》、スーパーで売られているカニしか見たことがなかったので、予想外の事態にかなり衝撃《しょうげき》を受けてしまった。

カニってすごいな。

妙な感動を覚えながらも倒《たお》すことに集中する。

このスピードでは、拘束による停止は命取りになりかねないので、距離《きょり》のあるうちに早々に魔氷剣《まひょうけん》を発動する。

『ウォーターボール』

移動方向は単純な横方向なのでそれを見極《みきわ》めて斬撃を加えるしかない。

横を見ると、あいりさんはすり足でどんどんカニとの距離を詰《つ》めていく。もちろんカニの方がスピードは全然上なのだがなぜか距離が詰まって行く。もしかしてあれが武術というものなのだろうか。

ヒカリンはカニの高速移動を見て『アースウェイブ』は諦《あきら》め『ファイアボルト』で焼きガニにする事を選択したようで狙いを定めて魔法を発動している。

一番危ないのは俺だなと思いながら一体のカニに狙いを定める。

走行方向を確認《かくにん》し事前に進路に割って入ろうとするが、凄い速さと大型の爪《つめ》のハサミに怯《ひる》んでしまい、完全に腰《こし》が引けた形で避けてしまった。

再度気を取り直して、さっきの反省を活《い》かし進路ではなく進路の少し脇《わき》に構えた。再び移動してきたカニに側面から魔氷剣を突き立てそのまま、カニの移動に任せて胴体《どうたい》を切断する。

今度はうまく消失させることができた。

そのまま横を見るとあいりさんはいつものように薙刀でカニの足をぶった斬《ぎ》って、動けなくした上で滅多《めった》斬《ぎ》りにしていた。

ヒカリンも一発ではしとめることができなかったようだが何発か発動して、焼きガニを作り上げていた。

残念ながら三匹ともロストしてしまい、カニの味を楽しむことはできなかった。

カニ退治を終え探索を再開したが、カニを食べる事ができなかったのを嘆《なげ》く間も無く

「キューーキューーキューーキューー」

スナッチが今までに無く激しく反応している。

「この反応は普通じゃない。もしかしたら、魚群かもしれない。前回と同じでいくからとにかく弾幕頼《だんまくたの》むよ」

全員で距離を取り横並びに並んでモンスターの出現に備える。

突然、水面を割り黒い核弾頭《かくだんとう》の様な物体が猛スピードで近づいてきたが、想定外のスピードに圧倒されながらも反射的に魔核銃を連射する。

巨大な核弾頭を思わせる黒い物体。まさかこれは寿司《すし》ネタの王様、巨大化《きょだいか》したクロマグロではないだろうか。

以前TVで見た漁師さんのドキュメンタリーに出てきた巨大マグロをさらに倍化させた感じの物体が、強烈な加速を伴《ともな》い群れで向かってきている。この迫力《はくりょく》はダンプカーどころではなく、まさにロケット弾《だん》そのものを思わせる。

とにかくくらわないよう連射するしかない。早々に十発撃《う》ち尽《つ》くすが前回の反省を活かして、冷静にマガジン交換《こうかん》を行い間髪をいれずに連射するが、魚群の数が今までよりも多い。

このマグロを市場に出したら一匹一千万円以上するだろうな。一匹ぐらい持って帰れないかな。初セリに出せたら十億は固い、みんなでマグロ三昧《ざんまい》だ！　と考えながら、撃ち続けるが、すぐに銃弾《じゅうだん》が尽き携帯《けいたい》している最後のマガジンと交換する。

再度、銃撃《じゅうげき》を始め十発を撃ち尽くす。三十発、全弾撃《う》つのに、おそらく三十秒もかかっていないだろう。

減らない魚群にちょっと焦りを覚えながら片手にバルザードを構え『ウォーターボール』を射出し始める。

当然、魔核銃よりも射出速度が遅《おそ》いので、だんだんとマグロとの距離が近づいてくるのがわかる。

ジワリと汗《あせ》が背筋を伝う。

このまま『ウォーターボール』で凌《しの》ぎきるか、魔氷剣にスイッチして、うって出るかどちらが正解なのか判断できない。

横をチラ見したが当然ミクは離脱しており、スナッチが相変わらずの無双《むそう》ぶりで、スキルを連射している。ヒカリンも俺《おれ》と違ってナチュラル魔法使《まほうつか》い少女なので、拘束がかかるわけでもなく、豊富なMPで『ファイアボルト』を連発しており、全く問題ないようだ。

やはり表面上は拮抗《きっこう》しているが、一番やばいのは俺のところだろう。

「あいりさん、俺がやばくなったら一瞬でいいので位置をかわってください。魔氷剣を出します」

と口早に告げ『ウォーターボール』の射出を再開する。

MPの残量を気にしながら射出を続けるが、さすがにマグロの大群も数が減って来て、まばらになってきた。

ついにMPが残り一発分になったところであいりさんと視線を交《か》わしてスイッチする。

最後の『ウォーターボール』をバルザードから発動。魔氷剣レイピア型を顕現《けんげん》させる。最近MPをゼロに近いところまで使い切ることがなかったので、久しぶりに猛烈《もうれつ》な倦怠《けんたい》感《かん》と眩暈《めまい》に襲《おそ》われたが、以前の特訓で得た無理矢理《むりやり》動くというナチュラル耐性《たいせい》を発揮して前に出る。

これで二十秒間五発分はいける。再度あいりさんとスイッチしてマグロを迎え撃つ。

もう自分のリミットが決まっている事で不思議と覚悟も決まったのか冷静に状況《じょうきょう》を判断することができている。

マグロの動きは直線的に突撃《とつげき》してくるのみ。タイミングさえ間違《まちが》わなければ刺《さ》すこと自体は問題ない。問題なのは刺した瞬間に爆散させる事。ちょっとでも遅れると刃渡《はわた》りの一メートル分など一瞬で詰められて俺は天国、いや、ルシェのせいで地獄《じごく》行きだ。

遂にマグロが向かってきた。タイミングを見計らってレイピア型を突き出すと同時に破《は》裂《れつ》のイメージをのせる。

『ボフゥン』

あと四発。再度構え直してタイミングを見計らって再度突《つ》き出すと同時に爆散させる。

単純な作業のようだが急激に精神力が削《けず》れていくのが自分でわかる。あと三発もつかな。

それからは流れ作業のように三匹を始末した。殆どのマグロは撃退《げきたい》したはずだが、もう俺にできることは無い。

その瞬間、不覚にも身体《からだ》の力が抜《ぬ》け意識を失ってしまった。

「……かいと」「……大丈夫か？」「……海斗さん」

遠くから声が聞こえる。

「う、う～ん、俺は一体……」

気がつくとあいりさんの顔が目の前にあり、頭の下が妙に柔《やわ》らかい。

こ、これは。

「うわっ、すいません。本当にすいません」

一気に意識が覚醒して飛び起きた。

「おい、そんなに急に飛び起きて大丈夫なのか？　もう少し寝《ね》ていても大丈夫だぞ？」

「いえ、もう大丈夫です。本当にすいませんでした」

「いや、私は何も役に立っていなかったし、海斗は限界まで頑張《がんば》ってくれたんだから全く謝《あやま》る必要はないぞ。しかし最後のレイピア五連撃は、みごとだったな。小さい頃《ころ》から薙刀《なぎなた》を習っている私から見ても無駄《むだ》な力が抜けた見事な刺突だった。まるでアニメのヒロインのようだったぞ」

アニメのヒロイン……

たしかに自分でもそうイメージして剣は作ったが、これは褒《ほ》められているのか？

しかも最後のは、力が抜けてもなにも力が入らず気力だけで動いてただけなんです。

「急に倒れたからびっくりしたわよ。でも倒れるまでに全部のマグロ撃ち落としちゃうんだからすごいよね」

「いや、すごいのはヒカリンとスナッチで、俺は全然。本当に申し訳ない」

「いえ。すごいですよ。なかなか倒れるまで魔法使える人って聞いたことないのです。大《たい》抵《てい》の人は魔力《まりょく》が少なくなると、きつくなって使うのやめちゃうのです」

「いや。俺の場合、単純に魔力量が少ないだけだから」

褒めてもらってるんだとは思うが、肩身《かたみ》がせまい。

「海斗、一つだけいい？　一人で潜った時にも魚群に遭遇《そうぐう》したって言ってたわよね。どう考えても一人では捌《さば》けないと思うんだけど、どうやって切り抜けたのよ？」

こんな時までミクさん鋭《するど》い指摘《してき》。

「いや、まあ、それは、ちょっと数が少なかったたし、途中《とちゅう》で退却《たいきゃく》したんだよ。ははは。運が良かったのかな」

「ふ～ん。そうなんだ。へ～っ。退却したんだ」

「うん、そうそう。格好悪いけど退却したんだよ」

ミクは今一つ納得《なっとく》していない感じだったが、さすがに今日は、これ以上戦う事はできないのでそれ以上の追及《ついきゅう》もなく、地上に戻《もど》って来週の約束を交わし、そのまま家に帰ってすぐに昼寝《ひるね》をしてしまった。

昨日昼寝をしたというのにまだ昨日の疲《つか》れが抜けず、非常に怠《だる》くて眠い。

ただ、進学のためにはどうしても居眠《いねむ》りするわけにはいかないので、なんとか意識を授業に集中させている。

今日の朝は、今までとは違《ちが》うでき事があった。

いつものように教室に入って、隼人《はやと》と真司《しんじ》に向かって

「おう」

と挨拶すると突然思いもよらぬ方向から天使の声で

「海斗おはよう」

と聞こえてきたので声の方を見ると、葛城《かつらぎ》さんが天使の笑《え》みを浮かべて手を振《ふ》ってくれていた。

「あ、ああ。おはよう、かつ……」

そこまで口にした瞬間、先日の幻覚《げんかく》が見えたような気がして、言いとどまり

「おはよう春香《はるか》」

と返すことができたが、その瞬間、春香の顔が上位天使の笑みをたたえていたので、俺は何とも言えない幸福感に包まれた。

ただそのやりとりの瞬間、それまで朝特有のガヤガヤしていた教室が一瞬《いっしゅん》、無音となり、しばらくの沈黙《ちんもく》の後ヒソヒソ声がいたるところで聞こえてきたのが非常に気になる。

さすがにこれは俺でもわかる。春香が、俺みたいなモブに名前呼びで朝の挨拶をしてきたからだ。

しかもなぜか俺も春香と呼んで返事をしている。

まるで恋人《こいびと》の朝のひと時のようではないか。これはもう勘違《かんちが》いしてもいいのだろうか？　春香は俺の事が好きなんだろうか？　もしかして両思いだったなんてオチあり得るだろうか？

いや名前なら小学生の時にも呼び合っていたし勘違いはいけない。

そういえばパーティメンバーも名前呼びだったが、好きとかとは違うので女性は名前呼びを好むのだろう。

しかし名前で呼ばれると、なんかビクッとするし、名前で呼ぶのが、かなり恥《は》ずかしい。

「おう、海斗、葛城さんと仲が良くて何よりだな」

真司が声をかけてきた。

「オープンキャンパス大変だったな。正直キャンパスどころじゃなかったけど、パーティの二人もあそこにいたって事は、王華学院の学生と志願者だろ。お前、王華学院本当に受けるのか？」

「受けるに決まってるだろ。何のためにオープンキャンパスに行ったと思ってるんだ。春香が行くんだから俺が目指さないでどうするんだ」

「春香ね〜。葛城さんもいつも、人当たりいいから、あんな特殊能力を秘《ひ》めているとは思いもしなかったよ。全員揃《そろ》ったら、海斗はもう死んでいるな」

「勝手に殺すな。ところで春香の特殊能力ってなんだよ」

「それはあれだよ。あの絶対零度《れいど》、コキュートスを発現させる能力に決まってるだろ。関係ない俺まで凍死《とうし》するかと思ったよ」

「いや、俺も変なブリザードの幻影は見た気がしたけど、あれって春香の力なのか？」

「もう面倒《めんどう》見切れないから、さっさと付き合っちゃえよ。じゃないと凍死するのが先と予言できる」

「付き合えるもんだったらとっくに付き合ってるよ。付き合えないから悩《なや》んでるんだろ。

前の告白で完全に燃《も》え尽きたんだよ」

「告白って例のおつかいの事か？　それは、さすがに告白にカウントされないだろ」

「俺の気持ち的には告白と同じだけパワー使ったから、チャージ期間がいるんだよ」

そんなやりとりをしていたら授業が始まったので今日も授業に集中しなければと思いながらも、疲労《ひろう》から睡魔《すいま》に襲われそうになったが、なんとか六時間目の古典まで耐《た》えきった。

「海斗、今日良かったら一緒《いっしょ》に帰らない？」

春香からの突然《とつぜん》のお誘いにビックリしてしまったが、昨日までの疲労が抜け切らず、今日は探索《たんさく》せずに、このまま帰ろうと思っていたところだったのでちょうどよかった。

「今日は探索は休みだからもちろんいいよ」

その日は、家の近くまで一緒に帰ったが、一緒に帰るのは小学校の時の集団下校以来だろうか？

俺にとっては夢のような時間だったが、春香も探索者に興味があるのか、毎日どんな風に探索しているのか、パーティってどうやって組むのかとか、女性の探索者は結構いるのかとか色々聞いてきて、結構盛り上がった。

まさか春香と探索者談義で盛り上がれる日が来るとは夢にも思わなかった。また、この夢のような時間を過ごせる事を願うばかりだ。

昨日は一日ダンジョン探索を休んで春香と一緒に帰ったおかげで、心身ともにリフレッシュして疲れもすっかり抜けた。

体調的にはダンジョンに潜《もぐ》れる状態にはなったが、先週一週間で消耗品《しょうもうひん》が無くなってしまったので再補充《さいほじゅう》のためにダンジョンには潜らずダンジョンマーケットに来ている。

まずは一個使ってしまった低級ポーションを買わなければならない。

十万円の出費は痛いが、低級ポーションの有《あ》り難《がた》みを知った今、これだけはケチれない。

今まで使用したのは二回だけだが、念のために常習性がないのか店員さんに確認したが、毎日のように飲まなければ大丈夫《だいじょうぶ》との事だった。さすがに十万円を毎日飲む奴《やつ》がいるとは思えない。

次にいつものおっさんのところにやってきた。

「すいません。魔核銃のバレットを三百個お願いします」

「おお。坊主《ぼうず》、結構使ってるな。今、何回層潜ってるんだ？」

「八階層ですよ。魚群に結構使っちゃって」

「もう八階層なのか？　そういえば坊主ソロじゃなかったか？　八階層をソロじゃきついだろ」

「いや、この前パーティ組んだんですよ」

「おお、ついにお一人様卒業か。けどな、最初のパーティは結構上手《うま》く行かずにすぐ解散する奴らも多いから注意しろよ」

「不吉《ふきつ》なこと言わないでください。僕《ぼく》らは大丈夫ですよ。たぶん……」

「まあ、みんな最初はそう言うんだ。しっかり頑張れや！」

「わかってますよ。それともう一丁魔核銃を買うといくらぐらいしますか？」

「あ？　もう一丁？　二丁拳銃《けんじゅう》にでもするつもりか。そうだな、まあ稼《かせ》がせてもらってるから特別価格で百九十五万だな」

「あんまり安くなってないような」

「は？　なんか文句あんのか？　別に定価の二百万円でもいいんだぜ」

「いえ。今はお金がないので貯《た》まったらまたお願いします。ちなみに装填《そうてん》用のマガジンって一個いくらですか？」

「一個三万だな」

「じゃあ、それを二個お願いします」

「ああ、わかった。それにしても魔核銃なんか滅多《めった》に売れね～のに昨日も坊主ぐらいの年の女の子が、即金《そっきん》で買っていったんだよな。珍《めずら》しいこともあるもんだな」

俺は代金を支払《しはら》ってそのまま、ダンジョンに向かい一階層に潜った。

パーティ戦はシルとルシェに魔核《まかく》がいらない代わりに、魔核銃による消費がバカにならない。その上魔核は四等分するので全く儲《もう》けはないが、その分一階層でのスライム狩《が》りに一層励《はげ》まなければならない。

今日から木曜日まではスライムスレイヤーとして一階層の住人となるつもりだ。

「シル、ルシェ、昨日はすまなかったな。本当はダンジョンに潜るつもりだったんだけど疲労が抜けなくて休んでしまったんだ」

「ご主人様お疲れなんですか？　大丈夫でしょうか？　私がスライムを倒して回りましょうか？」

「いや、気持ちは嬉《うれ》しいんだけど、シルが倒すとマイナスになるから探知だけお願いな」

「おい、疲労って珍しいな。エリアボス以来じゃないのか？　なんかあったのか？」

「いや、日曜日にマグロ型の魚群に遭遇してな、魔力が尽きて倒れたんだよ」

「は？　魔力切れで倒れた？　お前なにやってるんだよ。大丈夫だったのか？　なんでわたしたちを喚《よ》ばなかったんだよ。バカじゃないのか？　また死にたいのか？　地獄に落ちたいのか？」

「いや、またってまだ一度も死んだ事ないんだけど」

「ご主人様。シルは悲しいです。そんなに危ない場面でも喚んでいただけないなんて。サーバント失格です。もう用済みという事ですね。うぅっ」

「いや、何を言ってるんだ。そんなわけないだろ。咄嗟《とっさ》に喚ぶ事ができなかっただけだよ。今度は何かあったらすぐ喚ぶから、その時は助けてくれるか？　頼《たよ》りにしてるんだぞ」

「本当でしょうか？」

「当たり前だろ。二人とも必ず喚ぶから、その時は頼《たの》むな」

「はい、もちろんです」「しょうがないな。助けてやるよ」

なんとか二人には納得してもらい、その後の三日間、合計七時間の探索で九十五個の魔核を手に入れることができた。あとちょっとで百個だったが明日は久しぶりの八階層なので、時間通りで切り上げて備えることにした。

翌日、約一週間ぶりの八階層に少し緊張《きんちょう》して臨《のぞ》んでいる。

前回の失敗を繰り返さないよう魔核銃のマガジンを二個追加して五十発まで撃てるようにした。

お金が貯まれば魔核銃の上限、百発迄撃《まで う》てるようマガジンを買い足そうかと思うが、とりあえず今はこれだけあればなんとかなるだろう。

前回の時も最初から五十発撃てれば、魔力切れを起こさなくても大丈夫だったと思う。

とにかく今できる万全《ばんぜん》の装備を整えて八階層に臨《のぞ》んでいる。もちろんライフジャケットは必須《ひっす》だ。

「シル、ルシェ、頼んだぞ。シル、魚群には特に気をつけながらいくぞ」

「はい。頑張りますね」

「焼き魚にして食べてやりたいぐらいだな」

早速《さっそく》シルに探知を任せていると
「ご主人様、あっちの水の中に四体います。気をつけてください」

やっぱりシルの探知は秀逸《しゅういつ》だ。モンスターの数までわかるので、ある程度想定と準備ができる。

それに比べるとスナッチの探知は、敵の存在しかわからないので、有用だがちょっと不便だ。

出現したのは巨大なヘビ、いやウミヘビか。

水場を意識していたのでヘビの出現は完全に意表を突《つ》かれてしまった。ほぼアナコンダサイズなので正に大蛇《だいじゃ》と言えるが、昔図鑑《ずかん》か何かで陸上の蛇《へび》の数百倍の毒があるような記述を見た記憶《きおく》がある。もちろんモンスターなので違う場合もあるだろうが、このサイズに噛《か》まれたら、間違いなく一瞬で地獄行きだ。

選択肢《せんたくし》は二つある。

K―12のメンバーの為《ため》にも『鉄壁《てっぺき》の乙女《おとめ》』を使用せずに、いろいろ試してみるか、安全に『鉄壁の乙女』の内側で戦うかだ。

かなり悩んだが悩んだ結果
「シル、『鉄壁の乙女』を頼む。ルシェ、『破滅《はめつ》の獄炎《ごくえん》』で右の二体を頼む。俺は左の二体を倒すから」

安全に戦うことに決めた。さすがに猛毒《もうどく》を持ったアナコンダクラスのウミヘビ四体を相手にできるような度胸も勇気も無い。やられたら終わりのリアルの世界でこいつら相手に訓練するほどクレイジーにはなれない。

早速、魔核銃を撃ち込み始める。でかいので威圧《いあつ》感はすごいが、的が大きいので撃てば当たる。しかも十分に通用している。とにかく頭部をめがけて連射する。

『プシュ』『プシュ』

すぐに初めの一体は消失したので、次の一体を撃とうとすると結構なスピードで逃《に》げ出してしまったので追撃《ついげき》をかけるが、さっさと水の中に逃げ帰ってしまった。

でかい図体《ずうたい》の割に臆病《おくびょう》だったようだ。陸上なら追いかけるが水の中では仕方がない。

横を見るとすでにルシェが二体とも片付けていた。

『鉄壁の乙女』があるおかげで楽勝だったが、結構な強敵だと思う。次会っても気を抜かないようにしよう。

また、しばらくうろうろしていると、シルが

「そこの水辺に一体います。単体というのは珍しいですが、注意してください」

この階層で一体だけのモンスターは初めてだ。ちょっと気になって水辺を注視する。

見ているとすぐに水面が爆発《ばくはつ》して地響《じひび》きとともに巨体《きょたい》が姿を現した。

こ、こいつはカバ？

そこには確かにカバと思《おぼ》しきモンスターがいた。しかし、でかい。もともと動物園のカバも相当にでかいが、これは小型のダンプカー並みにでかい。

デカすぎだろ。

圧倒《あっとう》されていると、地響きをさせながら向かってきた。見た目からは想像できないスピードで向かってくる。まさに殺人トラックの様相だ。

こんなのに勝てるのか？　そう考えているとあっという間に距離が詰まってしまった。

やばい。

『鉄壁の乙女』

光のサークルが俺達《おれたち》を覆《おお》った直後

『ドガーン！』

巨大なカバが猛然《もうぜん》と襲ってきた。

「シル、助かったよ」

シルが自らの判断で『鉄壁の乙女』を発動してくれていなければ相当やばかった。目の前で怒《いか》り狂《くる》ってる巨人カバ。動物園ではユーモラスな風体《ふうてい》で俺の一番のお気に入りだったが、こいつは怖《こわ》すぎる。カバってこんなに凶暴《きょうぼう》で怖いのか？　しかもこのサイズはもう怪獣《かいじゅう》と言っていいだろう。トロールより全然怖い。

とりあえず魔核銃で撃ってみる。

『プシュ』

当たると血が出ているのでダメージはあるようだが、更《さら》に怒り狂っている。

デカすぎて致命傷《ちめいしょう》を与《あた》える為には全身蜂《はち》の巣状態にするしかないかもしれないが、バレットがもったいない。

「ルシエ、『破滅の獄炎』で焼き払《はら》ってくれ」

『グヴオージュオー』

『破滅の獄炎』の威力《いりょく》はさすがで巨大なカバを一瞬で焼き去ってしまった。しかし、これまで見たモンスターの中でもエリアボスを除くと一番といってもいいぐらいの圧力だった。正直俺一人で倒せるかちょっと自信がない。それに今回は単体で出現したが、自然界のカバは確か集団で行動していたはずだ。さっきと同様のモンスターが群れで向かって来たら、俺だけでは手の打ちようがない。

やはり八階層は甘《あま》くない。調子に乗らず慎重《しんちょう》に探索を進めていくことにしよう。

巨大なウミヘビと巨大なカバとの戦闘《せんとう》を終えて、俺自身は殆《ほとん》ど何もしていないが、精神的に疲れたので、通路の端《はし》に寄ってペットボトルの麦茶を飲みながら休憩《きゅうけい》を取ることにした。

それにしてもこの八階層は、今までのほとんどの階層で出てきたファンタジー系モンスターはおらず、リアルに存在する生物が巨大化したようなモンスターばかり出てくる。敢《あ》えて言うなら四階層の虫エリアの水棲《すいせい》生物版といったところだろう。ただ元々の生物のサイズが大きいせいか、モンスターの大きさが桁違《けたちが》いだ。しかもファンタジー系のモンスターは、ちょっとゲームをしているような錯覚《さっかく》を覚えて、テンションも上がり気味だった。

だが、この階層ではどちらかと言うと生態観察に近いのりだ。いずれにしても脅威《きょうい》には違いないので慎重に探索を続けよう。

休憩を切り上げて探索を開始すると程《ほど》なく

「ご主人様、そこの浅瀬《あさせ》に二体潜《ひそ》んでいます。気をつけて下さい」

臨戦態勢を整えて待ち構えていると、以前も遭遇したガザミ系のカニ型モンスターが出現した。やっぱりカニ専門店を彷彿《ほうふつ》とさせるデカさだ。見てるだけでお腹《なか》がすいてきてしまう。

おいしそうな見た目とは違い魔核銃が通用しないので、俺とは相性《あいしょう》が悪い。シルとルシェが一撃《いちげき》ずつで即終了《そくしゅうりょう》だが、できれば一匹は俺が倒しておきたい。

「シル、『神の雷撃《らいげき》』で一匹を頼む。ルシェは待機して、もしもの時に備えてくれ。俺は左側のを狩《か》るから。『ウォーターボール』」

最初からバルザードに氷を纏《まと》わせレイピアを発現させる。

カニをめがけて魔核銃で威嚇射撃《いかくしゃげき》すると前回と同じ様に横方向に猛烈にダッシュし始めた。かなりのスピードだが直線的な動きなので進路はすぐに予測できる。

カニとはいえ追突《ついとつ》されればタダでは済まないだけの、サイズ感と勢いがある。

慎重に予測した進路上に陣取《じんど》り、マタドールのイメージで避《よ》けながらレイピアをカニの胴体に突き入れて破裂のイメージを重ねておく。

攻撃《こうげき》を加えた直後カニ型モンスターは内部から爆散した。

すぐに隣《となり》を見るがもう一体はシルによって跡形《あとかた》もなく消し去られていた。さすがにシルの火力はすごい。

カニ型モンスターを倒し更に探索を進めていくが、マッピングの感じだとすでに結構奥《おく》の方まで来ている感じがする。案外九階層への階段もすぐに見つかるかもしれない。

「ご主人様、またモンスターですが一体だけのようです。向こうの深いところから向かってきているようです」

また巨大カバか？　距離をとって水面を見ていると、

「な、なんだあれ」

水面から徐々《じょじょ》に頭が見える。最初は潜水艦《せんすいかん》の潜望鏡《せんぼうきょう》のような感じだったが徐々に全貌《ぜんぼう》を現し始めた。恐竜《きょうりゅう》？

いやネッシー？

正直両者の違いが俺にはわからないので、どちらかはわからないが、子供の時に、国民的アニメ映画のＤＶＤで見た、フタバスズキリュウを思わせる怪物《かいぶつ》が姿を現した。もちろんあんな愛らしいものではない。

巨大カバは怪物のようだと思ったが、今度は本物の怪物が出てしまった。サイズも正に恐竜サイズだ。

「シ、シル。とにかく『鉄壁の乙女』を頼む」

ないぞ」

「お、おい。あれってなんだ？　ドラゴンでもないようだけどあんなの魔界でも見たこと

ルシェも予想外のモンスターにさすがに面食《めんく》らっているようだ。それにひきかえシルはいつも通りでいたって平常運転だ。さすがはシル頼りになる。

いくらでかくても、カバがでかくなって首が伸《の》びただけだ。やる事は変わらない。

「ルシェ、落ち着いていこう。俺が『ウォーターボール』で様子を見るから、『破滅の獄炎』で追撃《ついげき》を頼《たの》む」

「はい、すぐに！　『鉄壁の乙女』」

『ウォーターボール』

頭部めがけて氷の槍《やり》を放つ。

「ギュグゥ！」

的がでかいので当たるには当たった。変な声を上げたので多分、痛みは感じているのだろう。ただ、的に対して攻撃が小さすぎる。もしかしたら、かすり傷程度の感覚かもしれない。どこをどうやっても俺の火力では倒せそうにない。恐《おそ》らくK―12のメンバー総出でかかっても勝てない。誰《だれ》の攻撃も決定打にはなり得ないだろう。遭遇したら逃げるしかない。

『破滅の獄炎』

「グルギュギャー!」

ルシェの追撃が決まった。かなりの痛手を負っているとは思うが、なんと消失していない。今までモンスターでルシェの攻撃をくらって消滅《しょうめつ》しなかったのは、初めてだ。

「ルシェ、効いているぞ。『破滅の獄炎』を連発してくれ」

「ああ。問題ない。任せとけって」

『破滅の獄炎』

「ギャ、グゥワグワー」

『破滅の獄炎』

「ギューgユー、gyアー」

『破滅の獄炎』

「グ、ggy、グ、a」

四発目を放ってしばらく見ているとようやく消失した。どうにかしとめることができたが、都合四発を放つこととなってしまった。

いくらなんでも四発はないだろう。ルシェの悪魔《あくま》の攻撃だぞ? 今まで一発で倒せていたのが急に四発? いきなりインフレが過ぎるだろう。八階層ってこんな怪物が出るのか？　やばすぎるだろ。

「腹減った。魔核十個くれ」

「私もお願いします」

いつもなら計算が合わないだろうとツッコむところだが、今日ばかりは言われるままに十個渡《わた》してやった。スキル四連発のご褒美《ほうび》だ。

怪獣？　の消滅した跡《あと》には赤ちゃんの掌程《てのひらほど》の魔核が残されていたが、もちろん今までで最大だ。間違いなく、数万円にはなるだろう。

先ほどの戦いに身の危険を感じた俺は、そのまま撤収《てっしゅう》してギルドに向かうことにした。

「すいません、魔核の買取お願いします」

いつものように日番谷《ひつがや》さんに今日手に入れた魔核を渡す。

「高木様《たかぎ》。失礼ですが、八階層に潜られていたと記憶しておりますが、間違いないでしょうか？」

「はい、間違いないですよ。八階層に潜っています」

「では、この魔核はどうやって手に入れられたのでしょうか？」

「その魔核は、八階層で手に入れた物なんですけど、最後に恐竜みたいな……」

俺は今日あったでき事を事細かに伝えた。

「信じられません。よく倒せましたね。ご無事で何よりです。話を聞く限り二十五階層より奥にある古代エリアのモンスターだと思われます。高木様の今までの探索履歴《たんさくりれき》を見ても嘘《うそ》をついているとは考え難《にく》い上にこの魔核は間違いなく本物です。上司を連れてまいりますので、もう一度事情説明を頂いてもよろしいでしょうか？」

「はい、大丈夫です」

今度は奥の部屋に通され責任者っぽい人に事情説明をさせられたが、責任者の人はずっと難しい顔をしながら話を聞いていた。

あとで聞いてみると、一階層程度奥《おく》のモンスターが出現する事はたまにあるらしいが、これだけ階層が離《はな》れたモンスターが出現したことは今まで一度もないらしい。現状では他に報告もないので対策の取りようもないらしく、原因も調べてみないとわからないらしい。

俺のＬＵＣＫが探索者史上最低レベルで悪い可能性も否定しきれないが、普通《ふつう》に考えると、ダンジョンで何かが起きている、もしくは何かが起こる前触《まえぶ》れの可能性があるのではないだろうか？

それが何かは全くわからないが、シルとルシェがいなければ、俺がやられていたのだけはわかる。

俺だけじゃなく、同レベル帯の冒険者《ぼうけんしゃ》は確実にやられていただろうと思う。

今の俺の一番の心配は、K―12のパーティメンバーの事だ。明日八階層に一緒に潜るがこの状況で潜るのは正直不安で仕方がないのでメンバーに明日相談してみよう。

フタバスズキリュウ型の魔核は十二万円となり、今回の説明を行った手当てとして一万円が追加で支給された。

今日のでき事に強烈《きょうれつ》な不安を覚えたので、今日の稼ぎに自分のお金を足して、再度ドローン型の魚群探知機を購入《こうにゅう》した。出費は痛いがこれで少しでもリスクが軽減すれば安いものだ。

この日はそのまま家に帰って、何かあった時の為の対策を考えながら寝てしまった。

次の日、ダンジョン前に集合してから、昨日の経緯《けいい》をパーティメンバーに説明した。

「二十五階層より奥のモンスターが出たって言うの？」

ミクが聞いてくる。

「ああ、ギルドに行って確認《かくにん》したけどそう言われたんだ」

「海斗は、昨日一人で潜ってたんだよね。それで、そのモンスターを倒《たお》したから魔核が手に入って、それをギルドに持って行ったであってる？」

「ああ。それで間違いない」

「じゃあ、深層階のモンスターっていっても海斗一人で倒せるってことだよね。それならそんなに心配する必要ないんじゃない」

「うっ。今回はたまたまだよ。たまたま。無我夢中《むがむちゅう》で必死だったから、次やれって言われてもうできないよ」

「でも今回は私達《たち》三人もいるし大丈夫でしょ。ねえみんな」

「大丈夫だと思うのです」

「ああ、大丈夫だろう」

ミクが言っている事は正しい。ただ前提が間違っているだけだ。俺《おれ》が一人で倒したんじゃない。俺は全く歯が立たなかった。だがこれを言うと、シルとルシェの話がどうしても出てしまう。

「わかった。じゃあ一つだけ約束してくれ。実は昨日、恐竜だけじゃなくて巨大《きょだい》なカバにも遭遇したけど、かなりやばい奴だったんだ。八階層には、まだまだいろんなモンスターが出現する可能性があるから、俺がやばいと思ったら絶対に一緒に逃げてくれ。これだけは約束してほしい」

「海斗がそこまで言うなら私はいいけど」

「私もだ」

「私もなのです」

「わかった。それじゃあ今まで以上に、慎重に探索していこう」

こうして再びK―12のメンバーで八階層を探索することとなった。

K―12のメンバーで八階層の探索を再開したが、昨日のでき事の後なので俺は正直不安で一杯《いっぱい》だった。

スナッチの探知では敵の数迄《まで》はわからないので少しでもリスクを減らすために二台目のドローン型魚群探知機を購入したが、すぐに出番がやってきた。

しばらく奥に進むと、水辺に出たので
「みんな、ドローンを使ってみるから下がってくれ」

ドローンを飛ばして水際《みずぎわ》のちょっと奥に着水させる。すぐに携帯《けいたい》モニターを確認すると、赤っぽい塊《かたまり》が二つはっきりと表示されている。さすがは十九万九千八百円だけあって高性能だ。

「みんな、モンスターが二体いるみたいだから注意して」

そう伝えてからモンスターの出現を待ち構えるが、なかなか現れないのでもう一度画面を確認すると間違いなく二体のモンスターが表示されている。

「海斗、またドローン買ったのね」

「ああ、やっぱり必要だと思ったから」

それからしばらく待っていると、急にドローンが消えた。

「え？」

先ほどまで水面に浮《う》いていたはずのドローンが消えてしまった。マジックか何かの瞬間《しゅんかん》移動のように消えてしまった。

目視できる範囲《はんい》を探してみるが何処《どこ》にもない。

これは、まさか……

考えたくはない、考えたくはないが、それしか考えられない。

それからしばらくして、突然ドローンだった物が水面を越《こ》え、空中に出現したが、ドローンは吸盤《きゅうばん》だらけの足に絡《から》め取られている。

この吸盤だらけの足には見覚えがある。これはタコだと思うが、そんなことはどうでも良い。

ふざけるな！　買ったばっかりのドローン二号が完全に破壊《はかい》されている。

許せない。一号の時も処女飛行で帰らぬ人になってしまったが、二号までもが同じ目に遭《あ》ってしまった。

お前ら、何かドローンに恨《うら》みでもあるのか？　俺に個人的な恨みでもあるのか？

絶対に許せない。いや許さない。タコ刺《さ》し、いやたこ焼きにしてやる。

俺の怒りが頂点に達した時、奴らは姿を現した。

巨大なタコのモンスターが二体。

ワニもタコもまとめて俺の敵だ。生涯《しょうがい》の敵認定《にんてい》だ。

大きいタコを見ると、クラーケンの親戚《しんせき》かと思う容貌《ようぼう》だが、問答無用で魔核銃《まかくじゅう》を連射する。

『プシュ』『プシュ』『プシュ』『プシュ』

タコを蜂の巣にしてやる。弾《たま》切れしたが、マガジンを交換《こうかん》して更に十発撃《う》ち込んだ。

痛みを感じているのかもよくわからないが、うねうねしてタコ踊《おど》りを踊っている。だがそんなのは知ったことではない。

二十発撃ったところで、ドローンを壊《こわ》した方のタコが消失した。

消失したが、同じ風体をしたもう一体を消し去らなければこの怒りは収まらない。

簡単には消してやらない。

『ウォーターボール』

魔氷剣《まひょうけん》を顕現《けんげん》させタコめがけて駆《か》け出す。

「うぉお～！　お前らの所為《せい》で俺の十九万九千八百円が！　いや二台分の三十九万九千六百円が！　返せ。今すぐ返せ！」

グニグニしている足で攻撃してきたが、向かってきた足は全部ぶった斬《ぎ》ってやった。四本足のタコはタコなのか？　お前はタコ以下だ。ただのブヨブヨ野郎《やろう》だ。

悪・即《そく》・斬！　ブヨブヨに向けて最大級の怒りをのせてぶった切る。

「うおぉおお～！」

怒りの一撃で今までになく鋭利《えいり》に切断できた気がする。

「海斗さん。すごいです。巨大タコが滅多《めった》斬《ぎ》りです」

「ああ、今の剣さばきは見事だったな」

「ドローン壊れちゃったね」

「……うん」

「二個目だったのにね」

「…………うん」

「せっかく買ったのに残念だったわね」

「…………」

辛《つら》い。その慰《なぐさ》めを含《ふく》んだ言葉が突き刺さる。

「そんなに、大事だったのですね、あのドローン。今度パパに頼んで買ってもらいますので、気を落とさないでいいのです」

いや、そういうことじゃないんだ。パパに買ってもらったドローンは、今は亡《な》き一号二号とは別物なんだよ。

辛いが、ここで立ち止まる訳にはいかない。引きつった笑《え》みを浮かべながら
「いや、ドローンは所詮《しょせん》物だから。みんなが無事でよかったよ。これからはスナッチにまたお願いするようになるから、みんなも頑張《がんば》っていこう」

「無理してますね」

「ああ、顔が引きつってるな」

「みんなこれ以上は触《ふ》れないようにしてあげましょう」

何か三人でコソコソやっているが気にしている余裕《よゆう》もないので、先に進むことを選択《せんたく》した。

俺はドローンを失った悲しみに耐え、パーティメンバーと一緒に探索を進めている。

「キュー、キュー、キュー、キュー」

「みんな、気をつけて。魚群かもしれない。横に並んでタイミングを合わせて迎《むか》え撃つから」

四人と一匹《ぴき》で水面を凝視《ぎょうし》していると、水面が爆発して大型マグロの大群が突進《とっしん》してきた。

前回不覚を取った相手なのでもう二度と失敗はしない。バレットの貯蔵も十分だ。

一斉《いっせい》に照射を始める。

『『プシュ』』『『プシュ』』　『『プシュ』』

あれ？　なんかいつもと違《ちが》う。順調にマグロを撃退《げきたい》できているのだが、なぜか魔核銃の発射音が、多重で聞こえる。壊れたのか？

『『プシュ』』

いや、そんな感じじゃない。不思議に思って周りを見ると、なんとミクの手の中に魔核銃が握《にぎ》られているではないか。しかも、普通に発砲《はっぽう》して命中している。どうなっているんだ？

今すぐ聞いてみたかったが、マグロと交戦中なので我慢《がまん》して戦闘に集中する。

ミクが、戦闘に加わっていることで、スナッチを合わせて、まさに弾幕《だんまく》状態。

前回あれほど苦戦していたのに、今回は思いの外《ほか》スムーズに撃退できている。攻撃の手数が増えた事により、切れ目がなくなり、撃退するペースも上がっている。

『『プシュ』』『『プシュ』』

最後の発砲が終了《しゅうりょう》して、マグロ型を全滅《ぜんめつ》させる事に成功した。

「ミク、その魔核銃どうしたんだ？」

「いきなり使ってびっくりさせようと思ったんだけど、この前の戦闘で、ボウガンを撃ち尽《つ》くしたら、何もする事がなかったから。いろいろ考えて海斗の使っているこの魔核銃だったら私でも使えると思って、ダンジョンマーケットでパパに買ってもらったのよ」

「パパ……もしかしておっさんのところで買ったのってミクだったのか」

「ああ、おっさんってお店の人ね？　結構優《やさ》しいおじさんで、いっぱいサービスしてくれたわよ。値段もあんまり売れないからって安くしてくれたし」

「あの〜ちなみにその魔核銃は、いくらぐらいしたんでしょうか？」

「確か百三十万円だったと思うけど」

「百三十万円!?　俺は二百万で買ったんだけど」

「う〜ん。もしかした特別割引価格だったのかも」

「あの、クソ親父《おやじ》。またぼったくりやがった。ふざけやがって。前もやりやがったし！」

「おじさん、定価は二百万円だって言ってたから、海斗には値引きがなかっただけかも」

ミクは大幅《おおはば》値引きで俺には定価販売《はんばい》？　いったいこの差はなんなんだ！　やはり、あのおっさんの値つけは全く信用ならない。つぎは大幅に値切らないと気が済まない。

「ミク、魔核銃の使《つか》い心地《ごこち》はどうだ？　私も父に頼んで買ってもらおうかな」

「軽いし、簡単に当たるんでオススメですよ。あいりさんもお揃《そろ》いにしましょうよ」

お揃いって。結構高額だと思うんだけど。

「ああ、お揃いもいいな。来週父に頼んでみるよ」

「え〜っ。みんなお揃いにするのですか？　じゃあ私もパパに頼んで買ってもらうのです。仲間ハズレは嫌《いや》です」

ええ……ヒカリンまで？　魔法《まほう》使えるんだから、いらないだろ。四人で同じ武器って、俺の存在意義が薄《うす》れていく。早く二丁目を購入するかスペシャルチューンを施《ほどこ》さないと、いらない人になってしまう。

前回、死にそうな思いでなんとか倒せた大型マグロの群れを、ノーダメージで撃退することができたので、確実にレベルアップしたことを実感できて嬉しいし、魔核銃による戦力アップも本当に嬉しいのだがなんだか複雑だ。

多分俺の人間としての器の小ささが、この感情の根源にあるのだろう。今後はダンジョン探索《たんさく》と共に人間力を磨《みが》かなくてはならない。ただすぐにそんなビッグな人間にはなれそうにない。俺もパパがほしい。

さっきの戦闘でひさびさにレベルアップした。さすがに以前の様にポンポン上がることはなくなって来たが、この階層に来て、魚群や怪獣と戦っていたのでようやくＬＶ17に上がった。

これがレベルアップした俺のステータスだ。

LV　16→17
HP　53→57
MP　35→38
BP　57→60
スキル
スライムスレイヤー
ゴブリンスレイヤー（仮）
神の祝福
ウォーターボール

うーん。レベルは上がったが、ステータスの伸びが落ちてしまっている。『神の祝福』を得てから各ステータスが大体5以上伸びていたのに今回はBPが3にとどまっている。以前も一回同じようなことがあった。やばい、もしかしてシルとの信頼《しんらい》関係が薄らいでいるのか？

理由は一緒《いっしょ》に潜《もぐ》る回数が減っているせいかもしれない。何とか潜る回数を増やして、もっとコミュニケーションを取らないといけない。結構気をつかっているつもりだがまだまだ足りないようだ。

ステータスの伸びは落ちてしまったが、なんとBPが60に到達《とうたつ》してしまった。これは申《しん》請《せい》すればブロンズランクとなることができる数値だ。但《ただ》しこの数値と強さが比例しないのは、イベントでも痛感したので調子に乗ってはいけない。BPがルシェの初期値の半分近くになったが、俺が二人いればルシェに勝てるかといえば、絶対に勝てない。単純な数値では測れない強さの壁《かべ》があるので、今後も努力は怠《おこた》らないようにしよう。

ちょっと複雑だけどレベルアップはやっぱり嬉しいもので、すっかりドローンのダメージも和《やわ》らぎテンションは上がってしまった。

これが良くなかった。

「みんな、さっきの戦闘でレベルが上がったから今までよりも貢献《こうけん》できると思う。結構敵も倒したし、いい時間だからそろそろお昼にしようか」

お腹もすいてきたので切りのいいところでお昼にする。

いつものようにおにぎりとパンを食べ終わったので、地面に腰《こし》を下ろして休憩しているが、目の前ではスナッチもミクにくっついてくつろいでいる。

俺の家にはペットがいないからスナッチの事はちょっと気になっている。

「ミク、スナッチって触《さわ》ってみても大丈夫《だいじょうぶ》かな？」

「海斗、もしかして動物とか好きだったりするの？」

「いや、そういうわけじゃないんだけど、スナッチの毛並みがいいな～と思って」

「多分大丈夫じゃない？　いくらなんでもいきなり『かまいたち』を放ったりはしないとおもうわ」

「怖いこと言わないでくれよ」

「私にはいつもおとなしいから大丈夫よ」

ミクのふりは少し恐ろしいものがあるがスナッチの見事な純白の毛並みにどうしても惹《ひ》かれてしまう。

カーバンクル。イタチに似た幻獣《げんじゅう》。時々アニメやゲームにも登場する有名動物だが、実際に触った事のある人間がどれだけいるだろう。

むしろそんな幻獣が手を伸ばせば触れる位置にいて触らないという選択肢はない。

俺は「かまいたち」に注意を払いながら恐る恐るスナッチに手を伸ばす。

「おおっ！」

ふわふわのサラサラだ。

初めて触れたスナッチはふわサラだ。よくモフモフとか言うがそれよりも上質で一段上

の感じでふわサラだ。

スナッチを撫《な》でる手が止まらない。

俺が撫でるとスナッチも気持ちよさそうに目を細めて
「キュイ、キュッ」

声をあげている。

これはやばい。かわいい……

俺の父親が動物をあまり好きではないので、家でペットを飼った事はなかったが、昔から憧《あこが》れはあった。

猫《ねこ》でもなく犬でもなくカーバンクル！　かわいいな。

普段《ふだん》は勇ましく戦っているが、こうやって撫でていると本当にペットのようにおとなしいし、幻獣だけあって上質な毛並みの肌触《はだざわ》りがたまらない。

シルとはまた違った癒《いや》しがありドローンによるダメージも薄らいでいくようだ。

「海斗、懐《なつ》いてるじゃない」

「ああ、そうみたいだ」

俺の手にすり寄ってきて、体温がなんともいえずあったかくて気持ちいい。

家でペットは無理だけどサーバントならカードにしまう事ができる。

動物タイプのサーバントもいいな。もし次にサーバントカードを手に入れる事ができるなら絶対に動物タイプだな。キツネとかフェンリルとかも毛並みが気持ち良さそうだ。

そのあと、昼休憩中ずっとスナッチを撫でる事ができたので大満足だった。これでいつも以上に午後からの探索は頑張れそうだ。

十分癒されたので、後《うし》ろ髪《がみ》をひかれながらも探索を再開したが、三十分程度でスナッチが

「キュー、キュー」

と反応した。

全員で水面に注目していたが、なかなかモンスターが現れない。

はやる気持ちを抑《おさ》えて、待ち構えていると、またうねうねした足が水面から出てきた。

またあのタコ野郎か！

違った意味でもテンションがさらに上がって、臨戦態勢を整えていたが、出てきたのはタコではなかった。

イカ？

出現したのは巨大なイカが三体だった。ダイオウイカ？　それともクラーケン？　違いがわからないのでとにかく巨大イカとしか言えない。イカのくせに地面を這《は》って移動して

いる。

タコでもイカでもあまり変わらない。たこ焼きがイカ焼きになるだけだ。

「みんな、左端《ひだりはし》の奴《やつ》は、俺が倒すから、後の二体を頼《たの》む。あいりさん以外は遠距離《えんきょり》攻撃《こうげき》でいこう」

そう言って俺も魔核銃を二発発砲してから
『ウォーターボール』

魔氷剣を構えてイカに近づいていく。

ちょっとテンションが上がっていたのと、タコをあっさりしとめる事ができていたので、不用意にも警戒《けいかい》薄《うす》めで近づいてしまった。

魔核銃でダメージを負っていたはずのイカが突然《とつぜん》、足を動かし襲《おそ》ってきたが、冷静に対処して襲ってくる足を切断していく。

次々に向かってくる足を五本切断した時点でそれは起こってしまった。六本目を切断しようとしたが少ししか斬れなかった。氷の刃《やいば》はまだ顕現しているのに上手《うま》く斬れない。

「なんで斬れないんだ!」

考えてすぐに原因を思いついた。バルザードの使用制限、魔核《まかく》三個で攻撃五回だ。

氷の刃の制限時間は二十秒。氷の刃がバルザードを覆っていたので完全に錯覚してしまった。氷の刃の制限時間とバルザードの使用制限回数は全くの別物だった。今まで制限回数まで使うことがほとんどなかったので、それを失念していた。

切れないことに焦《あせ》ってしまった俺は、近づいてくる足に向けて魔核銃を放つが、足ではなく本体を狙《ねら》うべきだった。

「う、うわぁあ。ぐぅう～」

巨大イカの巨大な足に巻きつかれてしまった。

「海斗大丈夫《だいじょうぶ》か、今助ける」

あいりさんが俺《おれ》の状況《じょうきょう》にすぐ気づき助けようとして、薙刀《なぎなた》でイカを攻撃するが、イカは応戦しようとして俺を捉《とら》えた足を振《ふ》り回し始めた。

「グゥわ～。吐《は》く、吐く」

締《し》め付けられたところが強烈に痛いが、それと同時に思いっきり振り回されて遠心力で気持ち悪い。

あいりさんがイカの足に対抗《たいこう》して斬撃を加えているのが見え、俺が捕《つか》まっていた足があいりさんの一撃によってぶった斬られた。

「あっ」

次の瞬間、俺自身に全く想像していなかった事態が起きてしまった。

俺が捉えられていたイカの足があいりさんにより切断されたが、それにより俺は振り回されていた遠心力により空中に飛ばされてしまった。

今まさに、漫画《まんが》かアニメのように凄《すご》い勢いで頭から空中へと飛び出している。

「ああ～あ～」

想像以上の距離《きょり》を飛ばされて、着地いや着水。頭から豪快《ごうかい》に水中にダイビングしてしまった。

スローモーションのように水面に近づくところから着水までの光景が流れていく。

これが世に言う走馬《そうま》灯《とう》か。俺は死ぬのか……

せっかく探索者として調子が出てきたのに。春香と王華《おうか》学院でキャンパスライフを楽しみたかった。

と考えているうちに頭から水中に思いっきりダイブしてしまった。

勢いがあったせいでライフジャケットの浮力《ふりょく》を無視してかなりの深さまで達してしまっている。

「ガボボボグフッ」

死ぬ！　死ぬ！　死んじゃう～。

この深さまで水中に潜ったことの無い俺はパニックに陥《おちい》ってしまった。

透明度《とうめいど》の低い水の中で恐怖《きょうふ》を感じ、暴れながら息を止めるのを忘れて叫《さけ》んでしまった。

「ガバブバベッ……」

当然思いっきり水を飲み込んでしまった。もうだめだ俺死んだ……

もがく気力も失《う》せた頃《ころ》、ライフジャケットが本来の目的を思い出し、俺の体を水面へと押《お》しあげた。

ああっ……どざえもん状態で浮かんだ俺を誰かが引っ張ってくれる。もしかして地獄《じごく》の使者だろうか。俺はこのまま地獄へ連れていかれるのか。

朦朧《もうろう》とする意識の中で、あいりさんの声がする。

「海斗、しっかりしろ、こんな浅いところで死んだら恥《はじ》だぞ！」

「バチーン！　バチーン！」

両方のほっぺたから強烈な痛みを感じて意識が覚醒《かくせい》する。

「ゴホ、ゴホッ、ゲーッ、ウゲーッ」

「おおっ。海斗無事か」

「あいりさん……助けてくれたんですね。ありがとうございます。でもほっぺたが痛いです」

「すまない。他にいい方法を思いつかなかったんだ」

物語の主人公であれば、普通こんな時に、マウストゥマウスなんてイベントがあるんじゃないだろうか。残念ながらモブの俺にはプロレスのようなピンタイベントしか発生しなかった。ちょっと悲しい。

「海斗大丈夫？　もしかして海斗って泳げなかったの？　それでライフジャケットなんか着てたんだ」

「ああ。言ってなかったっけ。俺、子供の頃にプールで足を引っ張られて溺《おぼ》れかけてから泳げないんだ」

「そうなんだ。それならその変な格好にも納得《なっとく》ね」

「海斗さん。すごかったのです。リアルの世界であんな飛んでいき方、ＴＶでも見たことないのです。ネット配信していれば百万アクセスはいけたのです」

「ああ、そう。ちょっとそんな余裕はなかったけどね」

「よかったら、今度泳ぎ方教えてあげようか？」

「いや、今更《いまさら》いいです。ライフジャケットに頑張ってもらうよ」

「ともかく今日はこれで終わりにして引き上げましょう。海斗もあいりさんも、ずぶ濡れだから風邪《かぜ》引くわよ」

今日はドローンも買って、張り切って臨《のぞ》んだのだが、午前中で切り上げることになってしまった。他のメンバーにはちょっと申し訳ない事をしたと思うが、今回のでき事で水へのトラウマが増してしまったかもしれない。

いずれにしても、ライフジャケットには感謝しかない。九千九百八十円は安すぎる。十着ぐらいストックしてもいいぐらいだ。

一応明日の約束をして別れたが、明日までに気持ちを立て直すことができるかは、ちょっとわからない。このまま帰って寝《ね》るには早すぎるので、昼ごはんを食べたら映画にでも行こうかな。

ずぶ濡《ぬ》れでダンジョンを引き上げた俺は、家でシャワーを浴びてから、気分転換《てんかん》に映画を観《み》に行くためにショッピングセンターへと一人で繰《く》り出した。

ショッピングセンターについて映画館に向かおうとしている最中に、偶然《ぐうぜん》春香から声をかけられた。

「あ、海斗。一人で何してるの？　買い物にでもきたのかな？」

春香は日曜日なので両親と三人で買い物に来たようで、今は別行動しているらしい。

「いや、ダンジョンに潜ってたんだけど、ちょっと色々あって午前中で終わったから、気分転換に映画でも観ようかと思って」

「海斗、映画ならこの前、私を誘《さそ》ってって言ったでしょ」

「あ～でもあれは社交……」

そこまで言葉を発しかけて俺の口は言葉を発するのを拒否《きょひ》した。また、気温が下がってきて、眼前にはうっすらと氷原が見えてきた。

「いや、突然、思いついた事だから、春香は忙《いそが》しいと思って。いや、残念だな～」

「ちょっと待っててね」

そう言うと春香は電話をかけ始めた。

「うん、そう。じゃあ夕方にお願いね。これで大丈夫」

「大丈夫って何が？」

「お父さんとお母さんに夕方まで海斗と遊ぶの伝えておいたから。一緒に映画観ようよ」

「お父さんと、お母さん……そう、じゃあ一緒に見ようか」

「うん」

ショッピングセンターなので空調は万全《ばんぜん》だと思うのだが、なぜか急に気温が上昇《じょうしょう》してポカポカあったかい。なんか眠《ねむ》くなりそうな陽気だ。

映画館まで来たので春香に観たい映画があるか聞いてみる。

「俺、突然思いついたから映画調べてないんだ。何か観たい映画ある？」

「それじゃあ、ポセイドニック観たいな。アジア超大作《ちょうたいさく》なんだよ。見たかったんだ」

「じゃあそれを観ようか」

　開演もすぐだったのでそのまま内容も確かめずにチケットを購入して映画の座席についたが、座席について開演を待っていると、猛烈《もうれつ》な腹痛が襲ってきた。うっ。なんだ⁉

「は、はるか。開演までまだちょっとあるからトイレに行ってくるよ」

　平静を装いながらトイレに直行したが、トイレについてシートに座《すわ》った途端《とたん》、防波堤《ぼうはてい》が決壊《けっかい》して水難事故の様相を呈《てい》してしまった。今日の朝まで全く健康体だったはずなのに、この経験したことのないような腹痛と排出量《はいしゅつりょう》はなんだ？　これはもしかして、あれか。ダンジョンで溺れかけたせいか。ダンジョンで溺れかけて、水をしこたま飲んだ。死ぬかと思うぐらいに飲んだ。あの水が原因か！　なにか悪い物でも含まれてたのか。ううっ。やはり俺は水場が嫌《きら》いだ。相性《あいしょう》が悪すぎる。ううっ、お腹《なか》が痛い……

　十分ほど籠《こも》っていると内容物が全部排出され切ったのか、ようやく腹痛も治った。ちょっと生気が失われた気がするが、なんとか復活できたので急いで座席に戻《もど》った。

「海斗、大丈夫？　お腹痛いの？」

「え。全然大丈夫だよ。映画始まるよ、楽しみだな～」

　春香が心配してくれているようだったが、気恥《きは》ずかしさもありタイミングよく映画が始まったので、スルーしておいた。

映画を観始めたが、ちょっと後悔《こうかい》している。どこかで聞いたことがあるようなタイトルにもっと早く気がつくべきだった。

確かに超大作と言うにふさわしいスケールで、船の中でのラブロマンスを描《えが》いているのだが、主人公の周りの人たちが次々に水難事故で死んでいってしまうのだ。

ストーリーは凄くいいし、キャストも俺でも知っているような有名な人ばかりでている。

しかし、このタイミングで水難事故多発映画とは……

海の中で溺れる様子も丁寧《ていねい》に描かれており、俺のメンタルが悲鳴を上げている。今日のでき事が思い出される。

映画のような劇画チックな溺れ方ではなかったかもしれないが、スクリーンの中の人たちと自分が重なる。

一体この映画、何回追憶《ついおく》体験させる気なんだ。俺個人に対する嫌がらせのために作ったのだろうか？

二時間五十分にも及《およ》ぶ大作映画がようやく終わりを迎え
「すっごく楽しかったね。主人公達も最後に結ばれて感動しちゃったよ」

「ああ。そうね。よかったよね。うん。すごく良かった。うん」

ちょっと青白い顔になりながらも、こんなところで春香を悲しませるわけにはいかない。

「いや最高だったよね。溺れる演技も真に迫《せま》ってたし、素晴《すば》らしかったよ」

人生一番とも思える会心のアルカイックスマイルで感想を述べることができた。

「今度は、本当に映画行くときには誘ってね」

一瞬《いっしゅん》、得体の知れない圧を感じたがきっと気のせいだろう。しかし春香は本当に映画が好きらしい。今度は事前にしっかり調べて水難系以外で誘ってみようかな。

笑顔で別れてから家に帰ってご飯を食べたら、またお腹が痛くなってしまったので、トイレに篭《こも》ってから寝ることにした。

そして翌日俺は体調を崩《くず》して寝込んでしまった。

昨日、ダンジョンで溺れたせいだと思うが、腹を壊した上に発熱してしまいベッドで寝ている。

俺が病気でダウンするのは二年ぶりなので、ダンジョンの凄さがわかるというものだ。

昨日の夜もお腹は痛かったものの、寝れば大丈夫だろうと安易に考えていたが朝起きても体調が戻ることはなかったので、直ぐにパーティメンバーに連絡《れんらく》を入れて寝込んでいる。

さすがにちょっと怖《こわ》いので休日当番医を調べて、検査に行くことにした。

病院に着いて事情を話すと結構年配の医者の先生に
「あ〜。それはちょっとまずいかもしれないな〜。血液検査だね〜。大丈夫かな〜。う〜

ん」

先生、俺まずいですか。大丈夫ですかね。

正直この先生のもの言いが心配を増幅《ぞうふく》させる。

何年かぶりに採血され検査の間ベッドで寝かせてもらっていたが、一時間ほどで検査結果が出たようで再度、先生に呼ばれた。

「う〜ん。どうしてかな〜」

なんだ。この間は。俺やっぱりやばいのか？

「特に異常は無いようだな〜。ちょっと脱水症状《だつすいしようじよう》気味だけど、細菌《さいきん》関係は出てないし、特に白血球の値も変化ないから目立った炎症箇所《えんしようかしよ》もなさそうだし、胃腸を整える薬と解熱《げねつ》剤《ざい》だけで大丈夫じゃないかな〜。う〜ん、どうしてかな〜」

先生本当ですか？　何か隠《かく》してないですか？　言葉の端々《はしばし》に不安を覚えるんですが。

医者の口ぶりに一抹《いちまつ》の不安は残ったが、とりあえず薬をもらい家に帰って寝ることにした。

おとなしくもらった薬を飲むと、体調も落ち着いたので、今度は手持《ても》ち無沙汰《ぶさた》になってしまった。

残念ながらダンジョンでのスキルは地上では使用することはできないので練習もできな

い。

実演できないので脳内トレーニングするしかない。

想定する相手は八階層の巨大《きょだい》カバだ。まずは単体の敵をイメージする。

まずは、魔核銃を連射しまくる。撃って撃って撃ちまくる。マガジンを装填《そうてん》し直して五十発撃ち尽くしたところでようやくカバは消失した。消失はしたがあまりにハイコストで勿体無《もったいな》いので非現実的だと思い直し、今度は魔氷剣で迎え撃つことにしたが、小型ダンプカーを思わせる突進に怯《ひる》んでしまい、怯んだ瞬間に踏《ふ》み潰《つぶ》されてしまった。やっぱり怯んだら負けだな。

今度は怯まず正面から迎え撃つことにした、カバの巨体《きょたい》が突進してきたのをグッと堪《こら》えて、レイピアで突《つ》いてみるが、勢いが勝り、倒《たお》す前に俺《おれ》が吹《ふ》き飛ばされてしまった。

それならば次はマタドールのイメージで交《か》わしながら突こうとしてみたが、あまりの巨体に避《よ》けることができずにやはり弾《はじ》き飛ばされた。

色々想定してみたがこの巨体相手には遠距離攻撃以外に対処できそうにない。単体でも一人で対処することは難しいが、群にでも遭遇《そうぐう》したらもうお手上げだ。

次にフタバスズキリュウを想定してみる。

今度も魔核銃を撃って撃って撃ちまくるが、正直全く効いた気がしない。

頭に向けて『ウォーターボール』を放ってみたが、上手く目にでも刺さらない限り効果は薄そうだった。

正直この小山の様な怪物《かいぶつ》相手に魔氷剣でどこを斬っていいのかわからない。よくアニメで竜退治のシーンがあるが、一メートルやそこらの刃でどうやって巨大な生物を斬る事ができると言うのか？　超絶《ちょうぜつ》スキルや超パワーの剣で一刀両断しているイメージがあるが、現実にそんな事ができる人間っているのだろうか？

少なくとも今の俺にはできそうにない。どう贔屓目《ひいきめ》に見てもK—12のメンバーでは致命傷《ちめいしょう》を与《あた》えることはできないだろう。もし出会ったらこれしかない。

死ぬ気で逃《に》げる！

俺は巨大なモンスターを前に脳内でも本気で逃げてしまった。

トレーニングが終わってなにもすることがないので、部屋を物色していると、今は亡きドローンの説明書が二冊見つかった。

暇《ひま》なので一号二号ドローンを回顧《かいこ》しながら読み直してみることにした。

普通《ふつう》に構造の説明から操作方法が書かれており、おおよそ俺の使い方通りだったが一通りの説明の後にもう一つの使い方説明が載《の》っており、よく読んでみると、このドローンはもともと探索専用に作られたものではないとの事。その為《ため》、先に記載《きさい》のあった使い方が一《いっ》般的《ぱんてき》である事。そしてモンスターを目的とした場合は着水させずにホバリング状態から魚探部分だけを投下できる事が記載されていた。最後にしっかり米印でモンスターによる破損は保証対象外の旨《むね》も記載があった。

よく読めばよかったが、こんなに後ろに書かなくてもいいじゃないか。

今後は使う前に端《はし》から端までしっかり説明書は読むことにしよう。


昨日あれだけ苦しかったのが一日寝て休むと嘘《うそ》のように元気になっていた。薬が劇的に効いたようで、あの怪《あや》しい感じの先生は、どうやらやぶではなかったようだ。

「そういえば、隼人達《たち》パーティ組むとか言ってなかったか？　あれってどうなったんだ？」

「あ～あれね。まあ一応仮パーティは組んではみたよ」

「仮パーティ？　それからどうなったんだよ」

「いや、やっぱり女の子って難しいな。俺は男同士のパーティの方がいいかもしれない」

「俺もそう思う。あの女の子達は俺ではちょっと荷が重かった」

「どうしたんだよ。あんなに張り切ってたじゃないか」

「ああ。最初は楽しくやっててよかったんだけど、だんだん荷物が重いから持ってくれとか、お腹が空いたからなんか買ってきてとか……」

「俺も戦闘《せんとう》の時には完全に盾《たて》にされたり、うまくいかないと文句が多くてな。当面二人でやった方が気楽だから、相談して断ったんだ」

「そうか、お前らもなんか大変だったんだな。また今度一緒《いっしょ》に潜ろうな」

「おお、心の友よ」

「やっぱり男同士が一番だな」

くだらない会話をしていたら、授業が始まったのでとにかく集中する。王華学院目指して集中する。

放課後ダンジョンに潜るが今日は一階層だ。思いの外《ほか》、八階層での魔核の消費が激しいので、しっかり一階層で稼《かせ》いでおかなければならない。

週二〜三日は一階層でスライムスレイヤーとなり、残りの四〜五日を八階層へのアタックに回そうと思う。

「ルシェ、ちょっと聞きたいんだけど、お前って泳げるのか?」

「き、きゅうになんだよ? 別に、ど、ど〜でもいいだろ」

「いや、先週八階層で溺れそうになったから、ルシェは大丈夫かなと思ってな」

「お、泳ぎ? そんなの大丈夫に決まってるだろ」

「ルシェ、魔《ま》界《かい》ってプールってあるのか?」

「そんなのあるわけないだろ」

「じゃあどうやって泳いでたんだ？」

「ど、どうやってって、わたしは生まれた時から泳げるんだよ。あ、当たり前だろ」

「ルシェ。本当のこと言ってみろ。怒《おこ》らないから」

「な、何言ってるんだよ。嘘なんか言ってない」

「ル～シェ。俺も泳げないんだ。だから泳げないことは恥《は》ずかしい事じゃないんだぞ」

「う～。わかったよ」

「いや、俺がわからないんだけど」

「お、お、泳げない」

「一緒じゃないか。仲間だな」

「一緒にするな。魔界では誰《だれ》も教えてくれなかったんだよ」

「俺も八階層で溺れそうになったから、お前も気をつけていこうな」

「あ、ああ。わかったよ。気をつける事にする」

なんとなく気になって声をかけてみたが、やっぱりルシェは泳げなかった。隠そうとしていたようだがバレバレすぎて笑ってしまいそうになった。ちょっと可愛《かわい》かったのでまあＯＫだ。とにかく俺と一緒に溺れないようにしないといけないので、今度子供用のライフジャケットも見に行ってみようかな。

「ご主人様、先週溺れそうになったのですか？」

「ああ、ちょっと飛ばされて……」

「どうして、そんなに危ない目に遭《あ》っているのに私を喚《よ》んでくださらないのですか」

「いや、喚ぶ間もなく沈《しず》んでしまって」

「沈むって大変じゃないですか。今度から、少しでも危ないと思ったら私を喚んでくださ い」

「ああ。すまない。今度から危ない時にはおねがいするよ」

「絶対ですよ。約束ですからね」

俺の事をこんなに心配してくれるなんてシルは本当に優しいな。ちょっとやり取りの間中、変なプレッシャーを感じたが、どこかにスライムの大群でもいたのかもしれないな。

やはりシルは俺の心のオアシスだ。

魔核集めに一階層でサクサク、スライムを狩《か》っているがスライムといえどもモンスターなので気を抜《ぬ》いてはいけない。ただ、ほとんど流れ作業と化しているので、この時間を有効活用できないかと思い始めた。

殺虫剤《さっちゅうざい》ブレスよりも効率は落ちるが、いろいろな倒し方を実践《じっせん》しながらスライムを狩る。

数をこなすので魔法の発動も手馴《てな》れてきているが、何かパワーアップや新技を編み出せないかと試行錯誤《しこうさくご》している。

まずはレイピア型まで進化した魔剣《まけん》バルザードの更《さら》なる強化を試みた。

レイピアを更に限界まで伸《の》ばして、槍《やり》並みに長くしてみた。ただし体積の問題で針の様に細い。細くてもなんとかならないかやってみたが、さすがに細すぎたようでポッキリ折れてしまった。

次にかなり疲労《ひろう》するがバルザードに『ウォーターボール』の重《かさ》ね掛《が》けをしてみた。結論から言うと三回までは重ね掛けすることができて槍並みに伸ばすことに成功した。しかし、二発目以降を唱えて定着させるのに一発でおよそ二秒程《ほど》かかるので、三発目を定着させたタイミングでは有効時間が十五秒程度まで減少してしまう上にMPは三発分減ってしまう。極《きわ》めつけは重ね掛けを行うと連射以上に極端《きょくたん》な精神力の消耗《しょうもう》があり、実用化はかなりハードルが高い。

『ウォーターボール』の強化にも再度取り組んでみたが、こちらは殆《ほとん》ど効果はなかった。

一種類だけ変わり種としてウォーターボールをシールドのように出現させることに成功した。

ただしこれも体積の問題でとにかく薄い。薄い氷の膜《まく》が張っている感じで、あまり強固ではないが、飛ばすことができるので何かの時に役に立つかもしれない。試《ため》してみるとスライムの攻撃《こうげき》を一発程度なら防ぐことができた。

色々やってみたが、現在のスキルやレベルではここまでが限界だった。

いつの日か新たにスキルや魔法を得ることができたらもう少しなんとかなるかもしれないが、とにかく今できる事を最大限活《い》かして頑張《がんば》るしかない。

とりあえずMPの限界まで練習を重ねながらスライムを倒していたせいで、三時間で十個程度の魔核しか取れなかったが、今は修練が必要だと自分に言い聞かせて三日間頑張った結果、四十五個の魔核を得ることができた。これで何とか週末を迎《むか》えることができそうだ。

魔核を調達して木曜日の放課後になったのでシルとルシェを伴《ともな》って八階層に潜っている。

今日はルシェにプレゼントを買ってきた。

「ルシェ、これ俺とお揃《そろ》いのだけどプレゼントだ」

「えっ？　わたしがこんなもの着れるわけないだろ。バカじゃないのか。絶対無理！」

「いやいや、この前話しただろ。溺れたら大変だからな。わざわざ買ってきたんだから着てくれよ」

「悪魔《あくま》がこんなもの着けれるわけないだろ。そもそも溺れそうになったら送還《そうかん》してくれればいいだけだろ」

「いやいや、俺も溺れてたり戦ってたりすると送還できない場合もあるかもしれないだろ。それに絶対ルシェに似合うと思うんだよ」

「こんなの似合いたくない。いやだ〜」

「ル〜シェ。主人の俺が着てるんだ。お前もお揃いだからな。今日から八階層では必ず着るんだぞ」

「う〜ださい」

「何か言ったか？」

「ちっ、わかったよ。着ればいいんだろ」

俺はルシェが泳げないのを聞いて直ぐに子供用のライフジャケットを購入《こうにゅう》しておいたのだ。大人用と違《ちが》って二千九百八十円で買えたのでまさに小さな出費で大きな安心だ。

デザインは俺とお揃いのにしておいたので、家族みたいで結構いい感じだ。

その後、何回か戦闘をこなしているが特に変わった事も無く順調に探索《たんさく》を進めている。

このペースで進むと、九階層への階段まで明日ぐらいにはマッピングし終わってしまうと思われるが、実力的にはもう少し八階層で修練を積んだ方がいい気がする。

「ご主人様、向こうの水辺に三体のモンスター反応があります。気をつけてくださいね」

探索を続けていると久々に巨大カバが出現した。しかも三体なので徐々《じょじょ》に増えてきている気がする。

「シル『鉄壁《てっぺき》の乙女《おとめ》』を頼む。二体は俺が受け持つからルシェ、残りの一体を『破滅《はめつ》の獄《ごく》炎《えん》』で頼む」

そう指示をしてから、俺は新技を試してみることにした。『鉄壁の乙女』に守られた状態からじゃないと、さすがに試す勇気がなかったので
『ウォーターボール』『ウォーターボール』『ウォーターボール』

ううっ。やっぱりかなりきついな。MPが減るのとは別に頭痛と表現しづらい精神の磨《ま》耗《もう》を感じる。

苦痛を我慢《がまん》して突進《とっしん》してきているカバ一体に向けて魔氷槍《まひょうそう》？　を突き出す。

あくまでもバルザードの先が伸びただけなので剣《けん》は剣なのだが、三メートル近く長さがあるので魔氷槍と呼ぶ事にする。実際には釣《つ》り竿《ざお》に一番近い気もするが魔氷竿ではさすがにネーミングがきびしい。

突き出した瞬間《しゅんかん》カバにしっかり刺《さ》さり、そのまま進んで来ようとするので破裂《はれつ》のイメージで爆散させる。

『ボフゥン』

魔氷槍は長くなってもバルザードの性能をしっかり発揮した。

続けて『鉄壁の乙女』にぶつかってきた個体めがけて魔氷槍を突き出す。

長さがあるので細かな動きには向いていないがカバのような直線的な動きをするモンスターにはかなり相性がいいようだ。

スッと刺さった氷槍でそのまま爆散させる。

「ふ～っ」

かなりきつかったが、実戦でうまくいった。今回は三回の重ねがけを試したが、『鉄壁の乙女』があれば、二回の重ねがけの短槍バージョンの方が負担も少なくて有効かもしれない。明日試してみよう。

「ご主人様、うまくいきましたね。また強くなられたみたいでシルは嬉《うれ》しいです。あとお腹が空いたので魔核をお願いします」

「わたしもお腹すいたからな。ちゃんとくれよ。まあ魔剣の長いのは、それなりに良かったんじゃないか。ほら早くくれ」

二人共褒《ほ》めてくれているようだ。疲《つか》れてはいるが褒められて気分がいいので一個余分に魔核を渡《わた》すことにした。

第四章 ブロンズランク

金曜日の放課後になりダンジョンに潜《もぐ》る前にランクアップの申請《しんせい》にギルドへとやって来た。

これで三度目のランクアップとなる。次はなんとブロンズランクだ。オリンピックだと三位　表彰台《ひょうしょうだい》だ。

もちろん、ギルドのランクに表彰台制度もなければ三位でもないのだが、気分的にはそのぐらい嬉しい。

「高木《たかぎ》海斗《かいと》さま～」

いつものように手続きの窓口の人に呼ばれた。

「はい」

「高木様、ブロンズランクへのランクアップおめでとうございます。こちらが新しい識別票になります」

新しい識別票はブロンズ製でちょっとカッコいい。

「それではブロンズランクの特典ですが、まずダンジョンマーケットでの買い物が一部の商品を除いて七パーセント割引となります。そして新しい識別票にはクレジット機能が付《ふ》与《よ》されており十万円迄《まで》の買い物を識別票で決済する事ができるようになっています。引き落としは翌月末に登録口座に請求《せいきゅう》されます。そしてブロンズランクより、ギルド主催《しゅさい》のレイドイベント及び遠征《えんせい》イベントに所属パーティ単位での参加が可能となります」

「質問いいですか？　イベントなんですけど他のパーティメンバーがアイアンランクの場合はどうなりますか？」

「ブロンズランク以上のメンバーが一名以上いる場合は全員参加可能です。ただしブロンズランクですと難易度によって参加できるイベントは限定されますのでご注意下さい」

「イベントはどうやって知ることができますか？」

「あちらの掲示板《けいじばん》に告知が出ますので定期的に見て頂けると助かります」

「わかりました。ありがとうございます」

俺はこの日晴れてブロンズランクの探索者となった。

特典については初めて知ったが、クレジットカードを作ったことが無いので、クレジット機能がついたことで、ちょっと大人に近づいた気がして地味に嬉しい。

それにしても、レイドイベントや遠征イベントがあるとは知らなかった。ブロンズランクなので最低限のイベントにしか参加できないのだとは思うが、単純に楽しみで仕方がない。

パーティメンバーにも相談してみようかな。

思ったより登録に時間を要したので急いで八階層に向かい潜る事にする。

しばらくウロウロ探索していると、この階層でおなじみとなってきたウーパールーパーが二体出現した。

最初の頃はあれほど気持ちが悪いと思っていた風貌《ふうぼう》だったが、見慣れてきたのか、子供の頃の気持ちを刺激《しげき》されたのか妙《みょう》に愛くるしいと感じるようになってきた。もちろん容赦《ようしゃ》はできないが。

「ルシェは待機していてくれ。シル、右側の奴《やつ》に『神の雷撃《らいげき》』を頼《たの》む。俺は左側の奴を倒す」

『ウォーターボール』　『ウォーターボール』

魔氷短槍バージョンを試してみようと二回連続で『ウォーターボール』を発動するが、数秒間動けなくなる。

動きの鈍《にぶ》いウーパールーパーだが、動けない数秒間でかなり距離を詰《つ》められてしまった。ウーパールーパーでこれなら素早《すばや》いモンスター相手ではかなり距離を取らないと危ないな。

三連発ほどではないが負担もかなりある。

溶解液《ようかいえき》に気をつけながらウーパールーパーに向かって短槍を突き出す。長さがあるので少し扱《あつか》いづらいが、結構あっさり刺さってしとめることができた。やはり射程が長いとそれだけで有用だが、疲労感とコストを考えると、当面は実戦で使うことはなさそうだ。

申請でロスした時間を取り戻す為、急ピッチで探索を進める。

途中《とちゅう》、魚群等のモンスターにも遭遇したが、順調に撃退《げきたい》し、遂《つい》に九階層への階段まで到《とう》達《たつ》する事ができた。

この階段を降りれば九階層だが俺にはまだ早いので一旦《いったん》お預けだ。

K―12のメンバーと八階層の探索を難なくこなせるようになったら九階層へ挑《いど》もうと思うが、本心では少しだけ九階層も覗《のぞ》いてみたい。

待ちに待った週末になりパーティメンバーに会って報告する。

「みんな、実は俺ブロンズランクになったんだ。それで、レイドとか遠征イベントに参加できるようになったんだよ。それでパーティでの参加もできるみたいなんだけど、どう思う？」

「え？　海斗ってBP60もあるの？　そんなに強かったんだ。一緒《いっしょ》に戦ってても全然気がつかなかった。人は見かけによらないのね。私よりもBP低いと思い込んでたわ」

ミクさん、心の声が聞こえてますよ。別に本当の事なのでいいけど。

「う〜ん。強いってなんだろうか。BPは強さを表すのではないのか？　ブロンズランクか、こそっと識別票を交換《こうかん》できないだろうか？」

あいりさん、そんなキャラでしたっけ？　心の声が……

「ブロンズランクですね。やりましたね。十円玉と同じなのです。すごいのです」

「ありがとう……」

十円玉と同じ。確かに間違《まちが》いではないが、ヒカリンそれって誉《ほ》め言葉なのか？

「でも、パーティで参加できるのがいいわね。レイドとかゲームみたいだし参加してみたいな」

「そうだな。楽しみではあるな。識別票売ってくれないだろうか……」

あいりさん……

「変な人が寄って来ないなら参加してみたいのです。変な人がいっぱいだったら難しいのです」

「俺も参加した事がないのでよくわからないんですが、機会があればイベントをしっかり選んで参加してみましょうか」

ブロンズランクの報告も終わり、探索を続けているとスナッチが

「ミュー、ミュー、ミュー、ミュー、ミュー、ミュー」

なんだ？　今までで一番反応している気がする。

「みんな、多分魚群だと思うけど、スナッチの反応が今までと違うから注意して」

水面を全員で見ていると、遂に現れてしまった。

このパーティではまだ出現したことが無かった、巨大カバのモンスター。しかも一体では無く、十体以上はいる。

やばい。

カバが出てくる可能性も群れで出現する可能性も想定はしていたが、本当に出てこられると、魚群の群れの比ではない。大きさも、威圧感《いあつかん》も桁違《けたちが》いだ。

カバと戦った事があるのも俺だけなので、とにかく冷静に指示を出すしかない。

「みんな、あいつらはやばい。とにかく猛烈に突進してくるから弾幕《だんまく》を張ろう。近づいて来たらあいりさんと俺が対応するから、危なくなったらミクとヒカリンはすぐ下がって」

とにかく、ちょっとでも数を減らさないといけない。

魔核銃《まかくじゅう》を構えて連射を始める。

『『『プシュ』』』　『『『プシュ』』』　『『『プシュ』』』

え？　なんだ？

明らかに発射音がおかしいので慌《あわ》てて周りを見ると、ミク以外の二人も魔核銃を手に連射している。

本当に買ってもらったのか……

ちょっと複雑だけど、間違いなく戦力アップしているので、これならなんとかなるかもしれない。

スナッチを含《ふく》めた四人と一匹《ぴき》が撃《う》って撃って撃ちまくって文字通り弾幕を張ることができている。

さすがの巨大カバ軍団も弾幕の前に全く近づいて来ることはできない。

俺は次々にマガジンを差し替《か》えて、五十発全《すべ》てを撃ち尽《つ》くしてしまった。これから先は『ウォーターボール』に頼《たよ》ることになる。

『ウォーターボール』

氷の刃《やいば》が巨大カバをめがけて飛んでいく。

『『『プシュ』』』　『『『プシュ』』』　『『『プシュ』』』

なんで⁉

俺はすでに五十発撃ち尽くしたというのになぜか他の三人は未《ま》だ魔核銃での連射を続けている。

俺だけ攻撃のペースは落ちてしまったが、他のメンバーは弾幕を張り続けており、みるみるうちにカバが消滅《しょうめつ》していく。

気がつくと十体いたカバの群れが、俺が攻撃している一体だけになってしまっていた。

他のメンバーの集中砲火《ほうか》を浴びて、そのカバもあっという間に消滅してしまった。

「みんな魔核銃買ったんですね」

「ああ、父に頼んだらすぐに買ってくれたんだ」

「パパにお願いしたら、その日のうちに買ってくれたのです」

「ああ……そう。そうだよね。今回は本当に助かったよ。魔核銃が無かったらやばかったよ。でも俺五十発撃ったんだけど、みんなは弾《たま》切れしてなかったような」

「ああ、キリがいいから購入時にマガジン十個つけてもらったんだ」

「私も」

「わたしもです」

「ああ。そうだね。女の子だもんね。可愛い娘《むすめ》さんのためなら十個でも百個でも買ってくれるよね」

ここでも金の力に負けてしまった。いや、バトルには勝ったので本当に良かったが、俺の弱い心が負けてしまいそうだ。いつかお金の力に負けない強い心を手に入れたい。

正直先ほどのカバの集団には肝《きも》が冷えたが、無傷で切り抜ける事ができて本当に良かった。

消費したバレットを再充填《さいじゅうてん》して、装備を整えなおし奥《おく》に向かって歩き出す。

「この魔核銃、初めて使ったんですけど、便利ですね。魔《ま》法《ほう》より手軽で早いです」

「ああ、私も今まで遠距離《えんきょり》攻撃《こうげき》では何もできなかったから、本当に素晴らしいな」

みんな、初めてでうますぎるよ。

探索を再開してすぐに次の反応があった。

「ミュー、ミュー」

「みんな通常のモンスターの様だけど、気を抜かずに行くよ」

水面から現れたのは、最近お馴染《なじ》みのウーパールーパー型モンスター二匹だった。

指示を出そうとした瞬間
『『『プシュ』』』　　『『『プシュ』』』

「あっ」

終わってしまった。俺が指示を出す前に、三人とスナッチの攻撃が的確にモンスターを捉《とら》えて撃退してしまった。この子たちは一体……

「まあ、あっさり片付けられて良かったよ。今度から数が少ない場合は、指示なしでもさっきみたいに片付けてしまおうか。うん。ははは」

パーティは魔核銃により素晴らしく火力アップしており、今までよりも簡単にモンスターを倒すことができているので、案外九階層へも早く行けるかもしれない。

そう思いながら探索を再開してすでに一時間ほど歩いているが、全く反応が無い。

スムーズに進めていると言えば進めているのだが、今までこんなに長時間モンスターに遭遇しなかったのは初めてかもしれない。

小心者のせいか、普段《ふだん》と違う状況《じょうきょう》に少し不安を覚える。

「結構歩いてるのにモンスター出ないな。なんか大丈夫《だいじょうぶ》かな」

「心配症《しんぱいしょう》だな。順調に進めているんだから、問題ないだろう」

「まあ、そうですよね。進めるだけ進んでみましょうか」

それからさらに三十分程歩いたが、やはり全くモンスターに遭遇しない。

「やっぱり、ちょっとおかしくないですかね。そろそろ引き返しましょうか」

「モンスター出ない方が進めていいじゃない。もうちょっと進んでみましょうよ」

「う〜ん。それじゃあ、あと少し進んだら戻《もど》ろうか」

それから更に十五分ほど歩いた時だった。

「ミュー、ミュー、ミュー、ミュー、ミュー、ミュー、ミュー、ミュー」

カバの大群か？　でもカバの時より明らかにスナッチが騒《さわ》いでいる。なんだ？

「みんな、カバかもしれないけどよくわからない。とにかく距離《きょり》をとって集中して！」

俺は今までで一番の緊張《きんちょう》感を持って水面を注視する。

『ズザザザ～』

「なっ⁉」

爆発《ばくはつ》ではなく山が出現したかの様に水面が盛り上がり、現れてしまった。

恐竜《きょうりゅう》だ。しかも三体。おまけにこの前のよりもでかい。種類も違うようで表面が鎧《よろい》のような皮膚《ひふ》を纏《まと》っている。

やばい、やばすぎる。

どうにかして逃げないといけないが、この三体から逃げることができるか？

現れた恐竜はどうみても体高が十メートル以上あり、ちょっとしたビルぐらいある。これでもしカバ並みに機動力があればどう考えても逃げれない。

「みんな。後ろに下がりながら逃げよう。しんがりは俺がやるから、早く逃げよう」

なんだ？　反応がない。

不思議に思い視線を横に向けると、三人ともがあっけにとられた顔でその場に停止してしまっている。

無理もない。現実世界ではあり得ないサイズ感。しかも恐竜だ。ビビるなという方が無理かもしれないが、今はなんとか再起動してもらうしかない。

「あいりさん、ミク、ヒカリン、ここでしっかりしないと、冗談抜《じょうだんぬ》きで死ぬぞ！　逃げるぞ！　聞いてるのか？」

「あぁ」

「ううっ」

「はわぁ」

一応反応があったが、かろうじてまともな反応を示したのはあいりさんだけだ。後の二人は、返事こそあるものの、硬直《こうちょく》状態から脱《だっ》していない。

このままでは四人で逃げる事はままならない。

どうする。どうすればいい。

考えをまとめる間も無く、三体の恐竜が地響《じひび》きをたてながら、近づいて来ようとしていた。

目の前に巨大という言葉では足りない大きさの恐竜が三体いる。

どうにか逃げないといけないがミクとヒカリンは硬直して動けなくなっている。

「あいりさん、一人で逃げてください！」

「いや、それは……」

「全滅《ぜんめつ》する訳にいきません。ギルドへの報告も必要です。とにかく先に逃げてください。俺が援護《えんご》します」

慎重《しんちょう》に恐竜の方を見ながら、あいりさんに逃げるように促《うなが》す。

「わかった。すまない」

あいりさんが後ずさりながら後退していく。

恐竜もまだ三人と一匹が残っているせいか特に気にした様子も無い。

俺は魔核銃を構えたまま恐竜三体に意識を集中する。

三体ともゆっくりとこちらに近づいてくるが、圧が半端《はんぱ》ない。

あいりさんの姿はすでに見えなくなっているので、無事に無傷で一人離脱《りだつ》することに成功したようだ。

「ミク、ヒカリン、動けそうか？」

「む、むり。腰《こし》が、腰が抜けて動けない」

「わ、わたしも無理なのです」

三人一緒に逃げるのは不可能だな。

『プシュ』『プシュ』『プシュ』

とにかく魔核銃を一体に向けて連射してみるが、ほとんど効果が無いのか、反応が薄《うす》い。

バルザードを構えて必死に魔氷竿を、いや魔氷槍を出現させた。

使用時間に余裕《よゆう》がないので、こちらから向かって行き、踏《ふ》み潰《つぶ》されないようにだけ注意しながら大回りで側面部にたどり着き、突《つ》き刺した。

スッと皮膚を貫《つらぬ》いたがほとんど効果が無く反応が薄いので、そのまま破裂のイメージを重ねる。

『ボフゥン』

「グギィギャー」

バルザードは役目をしっかりと果たして一メートルほどの範囲《はんい》を吹《ふ》き飛ばす事に成功し、そのまま使用制限である残り四発の連撃を加えた。

「グルゥギャー、グギギャー、グガュシャー！」

爆音《ばくおん》とも言えるほどの恐竜の咆哮《ほうこう》がこだまして、地響きを立ててその場で暴れはじめた。

あまりの激しい動きに近づくことができない。

決死の五連撃でかなりの深手は負わせたが、あまりに巨大《きょだい》すぎて、致命傷《ちめいしょう》には程遠《ほどとお》い。

そもそも魔氷槍はかなり負荷《ふか》が掛かるし、この状態で再度発動する事は危険すぎる。

これで万策尽《ばんさくつ》きた。

これ以上は俺《おれ》にはどうしようもない。それに二人をこれ以上危険に晒《さら》すことはできない。

俺は覚悟《かくご》を決めた。

サーバントカードをとり出して
「もうお前たちしかいない！　頼む！　来てくれ！　シルフィー召喚《しょうかん》。ルシェリア召喚」

「ご主人様、急にどうされたのですか？」

「おい、どうしたんだよ。なんかあったのか？」

「急に喚び出してすまない。あれを頼む、頑張ってみたけど俺じゃ無理だったんだ」

「なんだあのデカブツは？　前のよりでかいじゃないか。しかも三体か」

「ご主人様に危害を加えるとは許せませんね。すぐに天罰《てんばつ》を与《あた》えますね」

俺は急いでミクとヒカリンの下《もと》に走って戻り、危害が及《およ》ばないように前に陣取《じんど》り、魔核銃を構える。

「か、かいと。あ、あれって何？　天使？　サーバントなの？　あんな小さな子大丈夫？」

「ああ、大丈夫だ。俺のサーバントなんだ。あんな恐竜相手にならないぐらい強い」

「か、かいとさん。サーバント二体もいたのですか。しかも幼女じゃないですか」

「黙《だま》っていてすまない。俺のサーバントは最強なんだ。見た目は幼女だけど神と悪魔だから恐竜なんか問題にならない。安心して大丈夫だよ」

『神の雷撃』『破滅の獄炎』『神の雷撃』『破滅の獄炎』『神の雷撃』『破滅の獄炎』

シルとルシェが恐竜相手にスキルコンボを連発している。

『ズガガガーン』『グヴオージュオー』

いつもの爆音を発しながら、恐竜を殲滅《せんめつ》して行く。

最初に俺がダメージを与えていた恐竜が消滅したが、二対二になった時点で勝敗は決まったようなものだった。

「ご主人様に危害を加えるとは天罰です。早く消えてしまいなさい」

「さっさと地獄《じごく》へ行けよ。このデカブツ」

シルとルシェも少しモンスターに怒っているのかテンション高めで殲滅に努めている。

それぞれ七発ずつスキルを放った時点で三体目の恐竜も消失した。

さすがに巨大な恐竜だけあって、二人の火力をもってしても一発でしとめることはできなかったが、とにかくみんな無事で良かった。

最後の一体をしとめたシルとルシェが俺の下に戻ってきた。

「ご主人様、そちらの方達《たち》はどなたでしょうか？」

「え？　いやパーティ……」

「キャーかわいい～。助けてくれてありがとう。うわぁ～羽が生えてる。すごいかわい～」

「可愛いのです。黒髪《くろかみ》が可愛すぎます。闇《やみ》幼女。可愛すぎるのです。きゃ～。触《さわ》りた～い」

ミクさんヒカリン、二人ともキャラが崩壊《ほうかい》気味ですよ。

「イヤァ～天使？　天使なの？　本物だよね。キャ～。触っていい？　いいよね」

「悪魔なのですよね。悪魔って可愛い。う～うちに来ませんか？　可愛い上に強すぎです」

「ご主人様……この方達は……」

「名前教えて。名前」

「えっと、シルフィーです」

「キャ～かわいい。名前までかわいい。シルフィーちゃん。いえシルフィーさま？　ハグしてもいい？　ハグ」

「え～と……」

「いいよね。助けてくれてありがとう。う～んふわふわで気持ちいい。いい匂《にお》い。天使に初めて会っちゃった」

「ミク、シルは天使じゃなくてヴァルキリー、一応半神なんだけど」

「きゃ～神様。神様なの？　私神様に救われちゃったの？　神様ってこんなに可愛いの？

さすが神さま」

「名前を教えて欲《ほ》しいのです」

「ルシェリアだけど」

「名前が素敵《すてき》です。悪魔なのですよね。悪魔ってこんなに可愛《かわい》いんですね。きゃ〜っ。触ってもいいですよね？」

「えっ？　おい……」

「う〜ん。可愛いのです。髪《かみ》も、お肌《はだ》もすべすべなのです。救って頂いてありがとうございます。悪魔って階級があるのですよね」

「ああ、ルシェは子爵《ししゃく》級悪魔なんだ」

「きゃ〜子爵様。貴族様なのですね。悪魔貴族様、素敵です。う〜ん悪魔様いい匂いなのです」

なんだこの状況は？　助かったのは本当に良かったが、ミクとヒカリンがおかしくなってしまった。

腰が抜けて動けないほどの状況で、シルとルシェに救われたのだから、わからなくはない、わからなくはないが、やっぱり変になってしまったようだ。

「シルフィー様。海斗にシルって呼ばれてるんですね。シル様って呼んでいいですか？

いいですよね」

「え、ええ、べつに構いませんよ」

「キャー。シル様優《やさ》しい。優しくて、可愛くて、強くて、もう離《はな》したくない」

「ご、ご主人さま……」

「ルシェリア様は海斗さんにルシェと呼ばれてるのですよね。ルシェ様とお呼びしてもいいですか？　ルシェ様」

「あ、ああ、べつにいいけど」

「きゃ～素敵です。さすが子爵様。ルシェ様最高なのです」

二人ともキャラがおかしくなりすぎですよ。

「二人ともそろそろ落ち着いて。あいりさんを一人で行かせてしまったから、追いかけたいんだけどいいかな」

「あいりさんにも早く紹介《しょうかい》しなきゃ。絶対、感動すると思うから」

「ああ、そう……」

それから急いであいりさんの後を追ったが、思いの外《ほか》すぐにその姿を見つけることができた。

あいりさんの前方には先ほど俺たちが戦った恐竜の半分ほどの大きさの恐竜が道をふさ

いでおり，あいりさんも薙刀《なぎなた》を構えてはいるが、とても一人で太刀打《たちう》ちできる感じではない。

「あいりさん無事ですか？」

「えっ？　海斗？」

半分の大きさとはいえ巨大なことには変わりはなく、消耗《しょうもう》した俺では太刀打ちできそうにない。

「シル、ルシェ、頼んだぞ！」

「かしこまりました、ご主人様。すぐに倒《たお》しますね」

「お腹《なか》もいっぱいだしちょうどいい運動だな。さっさと片付けてやるよ」

先ほどしっかり魔核《まかく》を吸収したので二人とも万全《ばんぜん》の状態といえる。

「そこをどいてください。ご主人様の邪魔《じゃま》になります。『神の雷撃』」

「とおれないだろ、灰になって消えてしまえ。『破滅の獄炎』」

二人のコンボ攻撃《こうげき》が恐竜を捉える。

「グァグキュキュアア」

「しぶといな。どうせ炭になるんだ早く燃《も》え尽きろ」

「先に進めません。これで終わりです。我《わ》が主の邪魔をする敵を穿《うが》て神槍《しんそう》ラジュネイト」

二人が追撃《ついげき》をかける。

「グギアアァァ」

恐竜はラジュネイトにより胸部に大きなダメージを受け、傷口から獄炎に焼かれ断末魔《だんまつま》の叫《さけ》びをあげながら消滅した。

今回は少し小型で助かったが、まさか帰路にも潜《ひそ》んでいるとは思わなかった。

「海斗、そこの二人はいったい？」

「あいりさん。聞いてください。神様なんです。命の恩人なんです。可愛いんです」

「あいりさん。悪魔なのです。子爵様なのです。命の恩人なのです。可愛いのです」

「海斗、これはいったい……」

「あのですね。二人は俺のサーバントなんですけど、こっちがシルフィーで半神、そっちがルシェリアで子爵級悪魔《あくま》なんです。あの後召喚して助けてもらったんですよ」

「半神、悪魔！　海斗そんなにすごいサーバントを従えていたのか。実際に見ても信じられないほどの強さだったから納得《なっとく》だが」

「そうなんです。シル様もルシェ様も強すぎるんです。最高なんです。可愛いんです」

「確かに二人とも可愛いが、シル様、ルシェ様というのは？」

「お願いしてそう呼ばせてもらうことに決めたのです」

「そうか。私もそう呼ばせてもらってもいいだろうか。お二人は私にとっても恩人だ。シル様、ルシェ様。あぁ、なんて可愛いんだ」

なんだ？　あいりさんまでおかしくなっている。

もしかして、シルとルシェには人を惑《まど》わす特殊《とくしゅ》スキルでもあるのか？

とりあえず今日は疲れた。もう帰ろう。

八階層での恐竜との戦闘《せんとう》を経て、四人とサーバント三体で帰路につくことにしたが、メンバーの様子がちょっとおかしい。

なぜか、あいりさんが真ん中でシルとルシェが左右、そしてシル側にミク、ルシェ側にヒカリンが横並びになって手をつなぎながら歩いている。

五人の後ろを俺とスナッチが一緒についていっている。

一体これは何だろう？

後ろから見ると一見、幼女をお姉さん達が面倒《めんどう》を見て、お散歩にでも行っているような風景だが、これは明らかに違《ちが》う。

ダンジョンなのに手つなぎで、後ろから見てもメンバーの三人からは幸せオーラが滲《にじ》み出ている。

ただしちょっと異様な感じなので思うところはあるが口出しできない。

ピクニックか何かと勘違《かんちが》いするような状況のままなんとか地上まで戻ってくることができた。

「海斗、ずっと怪《あや》しいと思ってたけど、あんな二人を隠《かく》してるなんて、ちょっと酷《ひど》くない？」

「ごめん。ちょっと言い出しづらくて」

「じゃあ今後はずっと、ご一緒できるのよね」

「いや、それなんだけど、シルとルシェはちょっと目立つし、強すぎてみんなのスキルアップにはなかなか繋《つな》がらないから、難易度が高い時だけ喚《よ》ぼうと思うんだ」

「え〜っ。ずっと一緒が良い。シル様と一緒がいい。絶対それがいい。良いったらいい」

ミクさんキャラが完全崩壊《ほうかい》してますよ。ただの駄々《だだ》っ子《こ》になってる。

「気持ちはわかる。わかるけど、俺を見てくれ。半年ぐらい前までずっとＬＶ３だったんだ。それがシルとルシェに出会って急速にレベルアップしてＢＰ60にもなったけど、こんな感じなんだよ。自分なりには頑張《がんば》ってるけど、本当の意味での強さは足りないんだ。だからみんなにはそうはなって欲しくないんだ。もちろんこれからは、難易度が高い場合は早めにシルとルシェを喚ぶし、今までより探索《たんさく》はスムーズに進むと思うから」

「う〜わかったわよ。じゃあ、早く難しい所に行きましょう」

「早く九階層に行くのです」

「私も早くシル様とルシェ様の勇姿が見たい」

みんな、言ってることがおかしいですよ。本末転倒《ほんまつてんとう》とはこの事じゃないだろうか。まあやる気になってくれたと思えばいいのか？

「とりあえず、魔核の売却《ばいきゃく》と報告にギルドへ行こうと思うんだけど大丈夫かな？」

「ギルドに報告ね。そうねそれがいいわね」

「お願いがあるんだけどシルとルシェの事は内緒《ないしょ》にして欲しいんだけど」

「当たり前じゃない。ルシェ様もシル様も私達だけのものなんだから」

「そうです。当たり前なのです」

「うん。それがいい」

いや、シルもルシェも俺のサーバントなんだけど……

まあ仲良くしてくれるのはうれしいんだけど。

地上に戻ってからそのままギルドに行って、日番谷《ひつがや》さんの列に四人で並んだ。

「すいません。魔核の買い取りをお願いします」

カウンターにカバの魔核十個と恐竜の魔核四個を取り出し並べた。

「高木様、この魔核は一体？」

カバの魔核はともかく、恐竜の魔核は前回よりも更《さら》に大きく、女の子の拳大《こぶしだい》ほどもあった。

「いや、パーティで八階層を探索していたんですけど、前回より大きい恐竜みたいなのが三体同時に現れたんですよ。前回のより大きくて鎧みたいな外皮をしたやつでした」

「パーティの皆様《みなさま》、今の話は本当でしょうか？」

「はい。間違いないです」

「う〜ん。本当だとは思うのですが信じられません。前回の一体だけでもイレギュラー中のイレギュラーだったのですが、更に大きい個体が三体も出現するとは。それにしても魔核をお持ちになったということは、撃退されたのですか？」

「そ、それはもうほんとうにやばかったんですけど、全員で協力して命からがらって感じでなんとか倒せたんですよ。ほんとうにやばかったですよ。ははは。なあみんな」

「えっ？　そうです。そうなのです。間違いないのです。死ぬかと思いました」

「そうなんですね。本当にご無事で何よりです。通常ですとこのレベルのモンスターはゴールドランク以上相当かもしれません。もしかしたら皆様のパーティのポテンシャルは素《す》晴《ば》らしいものがあるのかもしれません。とにかく上司に確認《かくにん》して来ますので、お待ちください」

そう言って日番谷さんは奥の部屋に消えて行き、すでに十分は経過しているが、まだ戻って来ないので、とりあえずソファーにかけて待っている。

何かあったのだろうか？

する事もないのでボ～ッとしながら四人で待っていると、ようやく日番谷さんがやってきたが、前回同様再度ヒアリングに連れていかれた。

ヒアリング中、上司の人の顔がどんどん険しくなって、最後はドラマの凶悪犯《きょうあくはん》の様な顔に変化していて正直かなり怖《こわ》かった。

原因は分からないもののさすがに二回目、しかも三体出現したとあって、ギルドでも探索者に向けて注意喚起《かんき》をおこなうとの事だった。

なぜか他に同様の報告は無いようで、ますます俺のＬＵＣＫが探索者最低レベルの可能性が増した気がする。

とにかく魔核の買い取りは通常通り行ってもらえ、なんとカバの魔核が一個七千円×十個で七万円。恐竜の残した魔核に至っては一個二十万円の三個と小さい恐竜分が十二万円で七十二万円にもなってしまった。

四人で分配しようとしたが、三人から何もしていないからと頑《かたく》なに辞退されてしまい、恐竜分は俺が貰《もら》い、カバ分を三人で分ける事となった。

今回もヒアリングの手当てが支給されたものの四人で前回と同じ一万円だけ支給された。

四体もの恐竜から全員無傷で帰還《きかん》できたので、それだけでも言うことは無いのだが、一日で七十二万二千五百円も手に入ってしまった。図《はか》らずもこの日深層階で活動している人たちの稼《かせ》ぎはもの凄《すご》い事になっているのだと思い知ることとなった。

今回の件で、シルとルシェの事をパーティメンバーに知られてしまったが、メンバーの反応は当初想像していたものとは全く違い、可愛いを連発している。もはや信者かと思えるぐらいの懐《なつ》き具合で正直ちょっと引いてしまった。

特殊な環境《かんきょう》での出会いが、キャラ崩壊を招くほどのインパクトを与えたのだろう。いずれにしても、幼女使いの変態とは見られていないようで、ひと安心だ。

シルとルシェも戸惑《とまど》ってはいたようだが、満更《まんざら》でもないように見えるので敢《あ》えて触《ふ》れないようにしようと思う。さすがに疲れたので、明日はお休みという事にして解散をした。

休息日と決めた日曜日になり俺は、ダンジョンに潜《もぐ》っている。

家にいてもなにもすることがないので、結局ダンジョンに来てしまった。

シルとルシェと一緒に八階層に潜っている。

「シル、昨日の三人どう思う？　思った通りやっぱり女だったな」

「私も最初は頭にきたので、問い詰《つ》めようとしたのですけど」

「そうだな。あれじゃあなぁ」

「あの三人に圧倒《あっとう》されてしまいました。お話しする間もなく詰め寄られてどうしようもなかったのですよね」

「わたしの方もおんなじだな。あの三人の勢いに押《お》されてしまった感がある。特にヒカリンとかいう女、あれはなんなんだ！　まあ悪い奴《やつ》らではなさそうだけどな」

「そうですね。あれだけ好意を向けられて嫌《いや》な気はしないですよね」

「わたしの事も怖がってないみたいだしな。なんかベタベタ触ってきて馴《な》れ馴れしいけど、どうやらわたしの溢《あふ》れ出す魅力《みりょく》に気がついているようだからいい奴等だと思うな」

「ご主人様が、あんな感じなので、あの反応は新鮮《しんせん》でしたね。ご主人様もあんな感じになってくれればいいのに。あれだけ可愛いと言われて反応に困りますね。でもいい方達のようですね」

「そうだよな。なんか最後はピクニックみたいで楽しかったしな」

「まあ、あの方達であればこれからもうまくやっていけると思うのです。あまりご主人様にも興味がなさそうですし」

「そうだな、あいつにはあんまり興味がある感じじゃなかったな。やっぱりあいつがそんなにモテるはずないと思ってたけど、そこは思った通りだったな」

またシルとルシェがコソコソ密談している。最近このコソコソにも慣れてきてしまった感がある。こういう時は気にしても仕方がないのでとにかくスルーしておくのが一番良い。

平日は先週同様のスケジュールをこなし土曜日になったので、またパーティメンバーで集まり八階層に挑戦《ちょうせん》する事になった。

先週は危なかったが、結果としてかなりの大金が入ったのでちょっと嬉《うれ》しい。おまけにシルとルシェの機嫌《きげん》も思ったよりもかなりいいように見えるので、どうやらパーティメンバーの事も気に入ってくれたようだ。

週末の探索でお金は手に入ったが、残念ながら魔核は全く増えてないので、今週の前半は一階層でスライム狩《が》りに励《はげ》んでいた。順調にスライムの魔核を集めることができたので当分は余裕を持って探索できるだろう。

「ねえ、早くシル様を喚んでよ」

「ルシェ様も喚んでください」

「私もお二方と早くお会いしたい」

「いやいや、先週言ったでしょ。極力自力で頑張るって。危なくなったらすぐに喚ぶから。それまではダメです」

「え〜っ。ケチ」

いやケチとかそういう問題じゃないんだけど。

三人からの不満を一身に受けながらも心を鬼《おに》にし探索を開始した。

「キュー、キュー」

スナッチが反応したのでさっそく臨戦態勢に入る。

出現したのはお馴染み感のあるウーパールーパー型が三体だった。

パーティメンバーも手馴《てな》れたもので出現と同時に魔核銃を一斉掃射《いっせいそうしゃ》してあっさりとかたがついた。

「ん？　あれは、もしかして」

俺はウーパールーパー型のいた跡《あと》に、魔核以外のものが落ちているのを発見した。

これはもしかして念願のドロップアイテム。

「なあ、みんなあれってドロップアイテムだよな」

「当たり前じゃない。それ以外にあんな物がダンジョンに落ちてるわけないでしょ」

「時々出るのですよ。海斗さんはあんまり見たことないのですか？」

「ああ、俺スライム以外からのドロップって初めてなんだよ。しかも通常のドロップアイテムって初めてかも」

「スライムからしかドロップした事ないのか？　そんな話聞いたこともないが」

「海斗ってやっぱり普通《ふつう》じゃないのかも」

ミクの失礼な発言はスルーしてドロップアイテムに意識を戻す。

地面に落ちているそれは白っぽい色合いの三十センチ角ぐらいの塊《かたまり》で、妙《みょう》に生っぽい。

う〜んあれはもしかして……

「なあ、あれってもしかしてあれだよな」

「もしかしなくてもモンスターの肉に決まってるでしょ」

や、やっぱりそうか。あれが噂《うわさ》に聞くモンスター肉《ミート》なのか。

しかし、今の戦闘でドロップしたという事は、もしかしてあれはウーパールーパーの肉なのか？

そもそもウーパールーパーって食べれるのか？

あの風貌《ふうぼう》でこの白っぽい肉……

あまり食欲がそそられない。

「もしかして海斗ってモンスターの肉を見るのは、初めてなの？」

「いや、お店で売っているのは見たことあるんだけど、ドロップしたのを見るのは初めてなんだ」

「モンスター肉って滅多《めった》に手に入らないから、結構希少だし、美味《おい》しいのよ」

「ミクはモンスターの肉食べた事あるの？」

「パパが結構好きだから時々食べに行くのよ」

「結構美味しいのです」

「私も好きだな」

みんな食べた事あるのか。

しかし床《ゆか》に落ちているこれがそんな美味しい物とは認識《にんしき》できない。どうしてもウーパールーパーが思《おも》い浮かんで、抵抗感《ていこう》が生まれる。

しかも生の状態で床に落ちてるし、これ食べるのか？　いや売った方がいいんじゃないか？　絶対売った方がいいな。

「海斗、今日ダンジョン終わったら行きつけのお店があるから調理してもらおうよ」

「それがいいです」

「うん。それはいい考えだな」

三人とも食べる気なのですね。俺《おれ》の感覚がおかしいのだろうか？　やっぱり庶民《しょみん》と彼女達《かのじょたち》とでは住む世界が違うのか？　食べるものまで違うのだろうか？

「あ、あのう。これって食べて大丈夫《だいじょうぶ》ですかね。お腹壊《なかこわ》したり、毒があったりしないですかね。そもそもウーパールーパーって食べれるんですかね。無理じゃないですかね」

「何言ってるのよ。これはウーパールーパーじゃなくて、ウーパールーパー型のモンスターの肉なのよ。大丈夫に決まってるでしょ。初めてだったらきっと感動するわよ。ちょっと早めに切り上げていきましょう。決まりね」

言ってることはわかる。これはあくまでもウーパールーパー型のモンスターの肉だ。ウーパールーパーではない。それはわかるのだが受け入れるのは厳しい……

ウーパールーパーのモンスター肉がドロップした後、まず俺が困ったのは、この肉をどうやって持ち帰るかだ。そもそもこのむき出しの生肉をどうやって持ち帰ればいいんだ。

「ミク、この肉どうやって持ち帰ればいいんだ？　いざとなったら俺のリュックに入れてもいいけど腐《くさ》らないかな」

「何言ってるのよ。マジックポーチに入れるに決まってるでしょ。マジックポーチの温度は一定だからすぐには傷《いた》まないんだから」

ああ、マジックポーチですね。そんな便利なものがあるのをすっかり忘れていました。

それから早めに探索を切り上げ、マジックポーチに収められたモンスターの肉は、地上に出た後すぐにミクの行きつけの店に持ち込まれた。

「み、みくさん。ここですか。大丈夫ですかね？　俺大丈夫ですか？　入っても大丈夫ですかね？」

「当たり前じゃない。大丈夫よ。ここのオーナーさんとパパが友達だからよく来るのよ」

連れてこられたのはTVでも見たことがある超高級《ちょうこうきゅう》フレンチのお店だった。

ミクさんはよく来るんでしょうが、俺はこんな店来たことないよ。こういう店ってドレスコードとかあるんじゃないのか？　俺、デニムパンツにTシャツなんですけど……

俺の心配をよそにそのまま個室に通されて、しばらく待っていると料理が運ばれてきた。

ナイフとフォークが大量に置かれている。これほどの数を使ったことはないが俺だってこのぐらいは分かる。外から使っていけばいいんだ。

最初はアミューズというものが出てきた。アミューズって何だと思ったがなにやらビスケットのような物の上に野菜っぽいのがのっている。これをナイフとフォークで食べるのか？

ちょっと無理じゃないか？　ちょっと格闘《かくとう》してみたが無理そうだったので手でとって一口で頬張《ほおば》った。

うまい。なんか食べたことの無いソースがかかっているがうまい。

次にオードブルが出てきた。

オードブルはわかるが正直アミューズとオードブルの違いがわからない。

こちらも、はまぐりのなんとか仕立てなんとか風味と言われたが良く聞き取れなかった。

小さいグラスに入っているのでこちらも一口で頬張る。うまい。普段《ふだん》食べているあさりの味噌汁《みそしる》とはまた違った貝のうまさがある。

スープはアスパラガスの冷製ポタージュ。

さすがに聞いたことがある単語で構成されているので俺でも理解できた。ポタージュといえばコーンポタージュしかイメージがなかったのだが、飲んでみると大人の味がした。たぶんおいしい。

そしてお待ちかねのメイン料理が出てきた。

ウーパールーパーのパイ包探索者風ダンジョンの調べだ。

もう生肉の時の原形は見て取れない。どこからどう見てもフレンチにしか見えない。言われなければ気づかずに食べていたかもしれない。なのに名前はもっとどうにかならなかったのだろうか？　ダイレクトすぎないだろうか。

見た目と裏腹の名前に圧倒されてナイフとフォークが止まってしまった。口に運ぶ勇気が無い。

躊躇《ちゅうちょ》しているとメンバー三人がさっさと口をつけている。

「おいしいね」

「うん、おいしいのです」

「うん。やっぱりモンスターの肉は格別だな」

やっぱり食べれるらしい。

う～ん。ここまで来て食べないわけにはいかない。

息を止めて口の中に運ぶ。これは鶏肉《とりにく》？　いや白身の魚か？　うまい。

白身魚のあっさりとした味わいとモンスターならではのしっかりとした食感、噛《か》めば口の中に広がる、えもいわれぬ味わいと幸福感。なんだこれ、うまい。ウーパールーパーってうまいのか？　いやウーパールーパー型のモンスター肉だからうまいのかもしれない。今までに食べたことのない、まさにファンタジーな味わいだ。人間、現金なもので旨《うま》いとわかってしまえば、その後はなんの抵抗もなく食べれてしまった。

最後はデザートのケーキと紅茶が出てきて終了《しゅうりょう》だった。

かなり満足感があったが、これでカジュアルコースらしい。フルコースってどれだけ料理が出てくるんだ？

本当に美味しかったが、食べ終わってから気がついてしまった。お金は一体いくらかかるんだ？

「ミクさん。お金っていくら必要なんでしょうか？」

「え？　残った肉を渡《わた》すことにしたからお金は必要ないわよ」

無料ってタダですか？

ちょっと冷《ひ》や汗《あせ》が出たが、結果うまさ倍増で大満足だった。今後も、もし肉がドロップしたら一応どんな生き物でもトライしてみようかな。でも虫系は無理かも。

翌日もK―12のメンバーで八階層に潜っているが、昨日食べたモンスター肉の味が忘れられない。

ウーパールーパーであの味なのであれば、マグロや他の食材はいかほどの味なのだろうか？　できることなら食してみたい。

しかし昨日ドロップアイテムとして肉を手に入れたが、スライム以外から手に入れた初めてのドロップアイテムだ。他のメンバーに聞いてもたまにドロップアイテムは出現するそうなので、やっぱり俺が特殊なのだろうか？　通常モンスターからは今まで一度もドロップしていない。スライムからのみ、しかも超稀《ちょうまれ》にレアドロップするだけ。スライムスレイヤーの称号《しょうごう》の呪《のろ》いでもかかっているのだろうか？

なんとなくだが、今回の初ドロップも俺の力ではなく、パーティメンバーのおかげな気がしている。口にしてしまうと確定事項《じこう》のようになりそうで、怖くて口にはできない。

昨日はシルとルシェの出番がなかったので、どうしてもと言う三人の超強力な希望で危なくも無いのに、二人を召喚している。

ただし、探索も含《ふく》めていざという時以外は手出ししないように言ってある。

すでに九階層への階段までのマッピングは終了しているので、地図に沿って階段へと向かっているが、相変わらず手を繋いでのピクニック状態から脱《だつ》していない。

しかし見ている限り、シルもルシェも嫌がっている感じではない。ルシェが嫌がっていないのが不思議だが、もしかして懐かれてデレているのだろうか？

まあ、雰囲気《ふんいき》良く探索できているので、これはこれで良いことだと思うことにした。

みんな上機嫌《じょうきげん》のおかげで探索効率もすこぶる上がり、サクサク進んでいる。

すでにワニ型モンスターにへビ型も倒しているが、残念ながら肉はドロップしていない。

確率から言って群れに当たるのが一番の近道な気がする。

そう思いながらさらに探索を進めていると遂《つい》に群れに当たった。

カニの群れだ。以前までのガザミ系ではなく水族館で見るタカアシガニっぽい。

巨大な手足を動かしながらゆっくりと向かってくるがその数およそ十体。

一応全員で魔核銃《まかくじゅう》を射出してみたものの、外殻《がいかく》が硬《かた》すぎて効果が薄《うす》い。この時点でミクとスナッチは攻撃要員から脱落《だつらく》したので残りのメンバーでどうにかするしかない。

「ヒカリン、『アースウェイブ』でどんどん足止めしていって。あいりさんと俺でハマった奴から順番に倒していきましょう。スナッチとミクは近づいて来ないように牽制《けんせい》お願い」

『ウォーターボール』

魔氷剣《まひょうけん》を出現させて、『アースウェイブ』で動けなくなっているカニの後ろに回り込み斬《き》りつける。

問題なく斬れるのだが、足が長すぎて本体まで届かない為《ため》足しか斬れない。しかも数本斬ってもまだ立っているので本体を攻撃することができない。

このままではあっさりとバルザードの使用制限回数も魔氷剣の制限時間も超《こ》えてしまう。五回斬りつけた時点で一旦《いったん》離脱《だつ》してバルザードに魔核を吸収させて再起動する。

さすがに今のやり方は効率が悪すぎる。本体に直接攻撃するにはこれしかない。

『ウォーターボール』　『ウォーターボール』　『ウォーターボール』

俺《おれ》の身長と腕《うで》の長さを加えると最長五メートル近い魔氷槍が出現した。

時間制限もあるのでさっさと本体を攻撃して回る。背後に回って上空にある胴体目掛《どうたいめが》けて突《つ》いていく。もちろん攻撃する度に破裂《はれつ》のイメージを乗せて、爆散させていく。

きっちり五発で五体倒したところで周囲を見るとあいりさんが二体目を倒すところだったので、残りは三体となっている。

再び戦線を離脱《りだつ》しバルザードに二度目の魔核補給を行う。

すでに今日の戦闘で『ウォーターボール』を六発使用しているので、さすがに魔氷槍連発はＭＰが枯渇《こかつ》する上に疲労《ひろう》感が物凄《ものすご》いのでやめておく。

『ウォーターボール』

魔氷剣を発現させて、あいりさんと共闘《きょうとう》する事に切り替《か》えた。

あいりさんの戦っているカニの後ろに回り込んで足を切り落とす。五回しか斬れないがあいりさんと共同ならいける。足が少なくなってバランスを崩《くず》したカニの胴体《どうたい》をあいりさんが薙刀でぶった斬る。

二体目も同じ要領で倒したところで使用制限の五回を迎《むか》えてしまった。

後一体残っているが、あいりさんと俺が牽制している間にヒカリンが『ファイアボルト』を放って焼きガニにして消滅《しょうめつ》させることができた。

カニのドロップといえばもちろんカニ身にカニみそだろう。

結構な数が居たので期待感を胸にカニの消失した跡を凝視《ぎょうし》する。

あった！　ありました！

カニの消え去った跡には通常の魔核とは別にドロップしているものがあった。

「みんなこれって……」

「カニの甲羅《こうら》ね」

「そうですね」

「それしかないな」

やっぱりそうか。せっかく二度目の通常ドロップアイテムをゲットできたのだが、残されていたのは九十センチぐらいの大きさのカニの甲羅の部分だった。

裏返してみたが中身はカラだったので純粋《じゅんすい》に甲羅部分のみが残されていた。

「これって何かに使えるかな」

「壁《かべ》にかけるぐらいかな」

「アスタキサンチンが取れるのです」

「いらないな」

ですよね。いらないですよね。この大きさの甲羅を持って帰っても正直使い道がない。本当に後《うし》ろ髪《がみ》を引かれる思いだが、どうしようもないのでその場において行くことにした。

今回はドロップアイテムって有用なものばかりが残される訳ではないというのがわかっただけでも良しとしよう。

だけど、どうせドロップするなら甲羅ではなく中身をドロップして欲しかった。

その後も、お馴染《なじ》みになってきた八階層のモンスターと何度か交戦し撃退《げきたい》しながら探索を進めたが、残念ながらドロップアイテムは出なかった。さすがにポンポン出るようなものではないので余計に甲羅が残念だった。そこから探索を進めて遂に九階層の階段のところまでたどり着くことができた。

「ここが九階層への階段なんだけどどう思う?」

「十階層にゲートがあるみたいだから、そこまでは早く行ってみたいけど」

「わたしも八階層の通常モンスターだともう大丈夫《だいじょうぶ》だと思うので九階層に行ってみたいのです」

「私はみんなに合わせるよ」

「じゃあ、今日はこのまま探索しながら引き返して来週みんなで九階層へ行ってみようか。その前に俺が明日から下見で潜ってみるから、それで大丈夫かな?」

「わかったわ」

「わかったのです」

「わかった」

とりあえず、恐竜《きょうりゅう》以外のモンスターにはしっかり対応できているので、次の階層に行ってもまず大丈夫だと思うが、念のために明日からしっかり下見をしておこうと思う。

この日はこのまま地上へと引き返して、家でさっさと寝《ね》てしまった。

第五章 危機

俺は翌日から早速《さっそく》九階層に向かう事にした。

魔核集めは、まだ先週分が残っているので少しぐらい九階層へアタックしても大丈夫だろう。

「シル、ルシェ、新たな階層だから気をつけて行こうな」

備品は八階層の時に結構買《か》い揃《そろ》えていたので、今回は何も買うものはなかったが、さすがに九階層になると最短距離《きょり》で来てもそれなりに距離があるので、放課後に活動できる時間は限られてしまう。

短時間集中で探索を進める。

しばらく九階層を歩いていると早速
「ご主人様、通路の向こう側にモンスターの反応が二体あります。注意してくださいね」

気を配りながら、奥《おく》に進んでいく。

「ギギギャギャギャ」　「グルギャギャギュ」

ダンジョンの奥では、なんとリザードマンらしきモンスターが会話をしているように見える。

「シル、初めての相手だから『鉄壁《てつぺき》の乙女《おとめ》』を頼《たの》む。ルシェはしばらく様子を見てから攻撃《こうげき》をかけてくれ」

俺たちに気づいたモンスターがこちらに向かって駆《か》けてくる。

手に持った武器で攻撃を仕掛《しか》けてくるが当然『鉄壁の乙女』に阻《はば》まれた。ただ今迄《まで》のモンスターと決定的に違う箇所《かしょ》があった。

武装しているのだ。剣はもちろん鎧《よろい》までつけている。これまでのモンスターでも武器を持っていたモンスターはいるが、ここまでの装備を身に着けている相手は初めてだ。

攻撃が阻まれたのを悟《さと》ると二体でアイコンタクトらしい動作を見せ、一旦《いったん》下がった。先ほどの会話しているシーンといい、今までの力押しのモンスターと違い知能が高いのかもしれない。

今度は左右に分かれて攻撃を仕掛けてくる。

「トカゲ野郎《やろう》が何をしたって無駄《むだ》だ！　さっさと燃え尽《つ》きろ『破滅《はめつ》の獄炎《ごくえん》』」

『グヴォージユオー』

リザードマンのうちの一体が一瞬《いっしゅん》で消失してしまった。

ルシェの圧倒的《あっとうてき》な火力の前には、リザードマンの知性はあまり意味がなかったようだ。

一体はルシェが撃退してくれたので、残る一体を、俺が撃退しようと光のサークルを飛び出して倒《たお》すべく攻撃をしかける。

今までもゴブリンなどの人型とは戦闘してきたが、このリザードマンはちょっと違う。

もちろん剣や防具を装着している事にも驚《おどろ》いたが、今までのモンスターと違い、動きが洗練されている。

今までも棍棒《こんぼう》程度を振《ふ》り回すモンスターはいたが、それはあくまでも力任せに振り回しているイメージだったのにこいつは違う。明らかに訓練したかのような剣さばきなのだ。

タイミングを上手《うま》く合わせることができれば武器破壊《はかい》も可能だとは思うが、こちらの魔氷剣は五回しか斬り合えないのであまり受けに回るのは得策ではない。

最近使用していなかったポリカーボネイトの盾《たて》の使用も考えたが、知能の発達したモンスターの斬撃を上手く受け切る自信がないのでやめた。

今の俺にはやはりこのスタイル。左手に魔核銃、右手にバルザードのスタイルが一番しっくりくる。

距離を詰められる前に

『プシュ』

『カンッ』

一応狙《ねら》いを定めて撃《う》ってはいるものの、両者が動きながらの状態で正確に当てる事はなかなか難しく、リザードマンの防具に阻まれてしまった。

『プシュ』

「グギャー」

再度、防具のない部分を目掛《めが》けてバレットを射出。当たった瞬間《しゅんかん》に、リザードマンが痛みで大きく仰《の》け反《ぞ》り隙《すき》ができたところに思い切って飛び込み袈裟《けさ》斬《ぎ》りに斬り伏せる。

「ふ～っ」

なんとか九階層のファーストモンスターをスムーズに撃退することができた。

もしかしたら個体能力値は八階層のモンスターの方が高いかもしれないが、やはり九階層のモンスターの方が気を抜《ぬ》けない。

純粋な剣技だけなら俺よりもリザードマンの方が上だろう。調子に乗らずにこちらは武器のアドバンテージを最大限活《い》かした戦い方をするのを心がけよう。

まあ当然だがドロップアイテムは無い。

「なあ、おい。今までと違ってモンスターが武器を普通に使ってるな。前みたいに気を抜いて死ぬなよ」

「だから俺は一度も死んでないんだよ」

ルシェなりに心配してくれているのだろう。以前のような矢による突然の遠距離攻撃《えんきょりこうげき》だけは気をつけないといけない。

そんな事を考えて探索していると、突然肩口《とつぜんかたぐち》に激痛が走った。

「うっ！」

矢？　いや、もうすこし大きい気がする。どちらにしても痛みの感じからして骨が折れた。

「『鉄壁の乙女』ご主人様、かなり前方にモンスターです。感知が遅《おく》れました。申し訳ございません。肩《かた》は大丈夫でしょうか」

「おい、気を抜くなって言ったばっかりだろ。大丈夫か。また死ぬのか？」

「いや、だから俺は死んだ事ないんだって。くっ」

俺は慌《あわ》ててリュックから低級ポーションを取り出して飲み干した。飲んで暫《しばら》くすると痛みが引いてきた。単純骨折であればこれで完治するはずだ。

完治を待っている間にも大きな矢のようなものが何本も飛んでくるがシルの『鉄壁の乙女』のお陰《かげ》で助かっている。

「シル、敵モンスターを確認できるか？」

「いえ、三体いるのはわかるのですが、距離のせいで目視できません」

恐《おそ》らく五十メートル以上は離《はな》れていると思われるが、矢はどんどん飛んで来ている。とんでもない膂力《りょりょく》だと思うが、どうすればいい。このままだといずれ『鉄壁の乙女』が切れてジリ貧になる。かと言って防御《ぼうぎょ》のない状態にシルとルシェを晒《さら》すわけにもいかないので二人は動かせない。相手がしびれを切らして出てきてくれればいいが、この階層のモンスターは知能レベルが高いようなので期待はできない。

「シル、このまま『鉄壁の乙女』を維持《いじ》してくれ。ルシェはこの場で待機だ。俺は敵のところまで突っ込むから」

「ご主人様、無茶《むちゃ》です。私も一緒《いっしょ》に行きます」

「大丈夫だ。問題ない」

俺はポリカーボネイトの盾を構えて、矢のようなものが飛んで来ている方へと全速力で猛《もう》ダッシュした。魔氷剣では、制限時間の調整がきそうにないので魔核銃を選択《せんたく》する。一応、的を絞《しぼ》らせないために蛇行《だこう》しながら走り抜ける。普段の俺は足が特別速いわけではないがダンジョン内ではレベル17のステータスを発揮し、かなりのスピードを出せている。おそらく今の俺のステータスはパワー型ではなくスピード型よりだと思われる。

五十メートルを超える距離を蛇行しながらも七秒ほどで詰めることができたが、その間も矢が数本飛んできて、盾に守られることになった。

近付くにつれ敵影《てきえい》をはっきりと確認することができた。見た目はオークだが銀色の毛を生やしているのが見て取れるのでこいつらはシルバーオークか。オークの上位種と言われているモンスターだ。

弓と言うにはかなりオーバーサイズな弓を構えて撃ってくる。

放たれる矢はかなりのスピードなので、瞬時《しゅんじ》に反応することは難しい。当たらないためにとにかく大きく避《よ》けるしかない。

シルバーオーク三体の同時攻撃は捌《さば》き切れないので、とにかくまず一体をしとめる。

走りながら盾の脇《わき》から魔核銃を発砲《はっぽう》する。

『プシュ』　『プシュ』

的が大きいので走りながらでもうまく当てることができた。

「グブォーン」

被弾《ひだん》したシルバーオークにさらに追撃《ついげき》を三発加えて一体をしとめることができたので、これで残り二体。止まればやられる。俺はスピードを緩《ゆる》めず蛇行を続ける。

シルバーオークも一体やられて焦《あせ》ったのか、矢を連射してくるが精度が悪く当たらない。

俺はその隙を狙ってまた魔核銃を発砲する。

『プシュ』『プシュ』『プシュ』

今度はうまく三発でしとめる事ができた。残る弾《たま》は二発だ。

そのままの勢いで最後の一体をしとめにかかる。

『プシュ』『プシュ』

「グフォーン」

ダメージは与《あた》えているが消失まではいかない。

『ウォーターボール』『ウォーターボール』

瞬間の拘束《こうそく》と引《ひ》き換《か》えに氷の槍《やり》を連続で投射して最後の一体をしとめた。

九階層の二番目の敵でこれか。盾でなんとかなったけど、守られてない所に当たったらやばかったかもしれない。

魔核《まかく》を拾って、シルとルシェのところに戻《もど》ると
「ご主人様、ご無事で何よりです。安心してみている事ができました。さすがですね」

「いや、それほどでも……」

「おい、さっきのって一旦私たちをカードに戻せば良かっただけじゃないのか?」

「えっ?」

「カードの状態で近くまで運んでから再召喚《しょうかん》すれば、三人でもっと楽に戦えたんじゃない

のか？」

「うっ……確かに」

とっさのことでそんな発想がなかったが、ルシェの言うことが正しい気はする。ただ今回は俺なりに頑張《がんば》ったんだから、俺の努力もちょっとは認めて欲《ほ》しい。

その後しばらくは探索《たんさく》を続けたが、初見のモンスターを相手に消耗《しょうもう》が激しいので、いつもより早めに切り上げてお風呂《ふろ》でしっかりと疲《つか》れを癒《いや》して明日に備える。


翌日も九階層にアタックしているが、昨日ルシェに指摘《してき》をされたように遠距離攻撃の敵と遭遇《そうぐう》した場合、シルとルシェは一旦送還《いったんそうかん》して、接近してから再召喚する事に決めている。

しばらく探索しているとシルが警告してきた。

「ご主人様、この先に二体のモンスターが潜《ひそ》んでいます。気をつけてくださいね」

シルに感知されても攻撃が来ないのでシルバーオークではないのだろう。

そう思って近づいていくと、突然《とつぜん》石の塊が凄《すご》い勢いで脇を通過していった。

「はっ？」

突然のことに呆気《あっけ》にとられてしまったが、今のはモンスターの攻撃に違《ちが》いない。

「シル、一旦『鉄壁の乙女』を頼む」

光のサークルの中で敵を凝視するとかろうじて影《かげ》のようなものを目視することができる。

俺はシールドを構えてから、シルとルシェを送還して、そのまま蛇行しながら全速力で敵影に突っ込んでいった。

『ドガンッ！』

「ぐぅうっ！」

シールドに石が激突《げきとつ》してかなりの衝撃《しょうげき》を受けてしまい、バランスが崩れそうになるのをなんとかこらえて更《さら》に近づき、敵を目視できる位置までたどり着いたタイミングでシルとルシェを再度召喚する。

再度展開された『鉄壁の乙女』の中で敵を確認《かくにん》するとそこにいたのは、シルバーオークではなくスリングの様な武器を持ったジャガーマンだった。見ている間にも絶え間なくどんどん石を投げ込んでくるので早めにかたをつけたほうが良さそうだ。

「ルシェ、右側の敵を頼む。俺は左側の敵を倒すから」

この距離であれば魔核銃が十分届くのでバレットを射出する。

『プシュ』『プシュ』

狙いすました攻撃で二発を頭部に命中させ難なく撃退することができた。もちろんとなりのルシェはすでに戦闘《せんとう》を終わらせている。

「なっ、上手くいっただろ。私の言った通りだろ。うん、うん」

　確かにルシェの作戦通りに運んで昨日の戦闘よりはかなり楽に戦えた。ただやはり、敵との距離を詰《つ》める際の移動が問題だ。今回は二回ともシールドに守られて助かったが、シールド以外の場所に当たったらただでは済まない。最悪、サーバントをカードに戻したせいで、フォローを受けられなくて死んでしまうかもしれない。

　何かいい手は無いだろうか。う～ん。『鉄壁の乙女』の加護を受けながらどうにか移動できないものだろうか。

　妙案《みょうあん》はないかと考えながら歩いていると
「ご主人様、この先の奥にモンスターが三体います。注意してください」

　まずは遠距離攻撃を仕掛けてくるのか近距離《きんきょり》なのかを見極《みきわ》める必要があるので、盾を構えたままゆっくりと距離を詰める。

『ヒュン』

　うおっ。矢が飛んできた。

「シル、『鉄壁の乙女』を頼む」

　シルに『鉄壁の乙女』を展開してもらってからルシェだけカードに送還する。

　ここからがさっきまでと違うところだ。

「きゃっ。ご主人様何をなさるのですか？　戦闘中ですよ」

「いや、色々考えたんだけど、これが一番いいんじゃないかと思って」

俺はシルをお姫様抱《ひめさまだ》っこしたまま、敵に向かって猛ダッシュし始めた。

『カンッ』

『鉄壁の乙女』は、俺を中心にしっかり作用している。

俺が考えた作戦は、シルが『鉄壁の乙女』を発動中、その場から動けないのであれば、俺がシルを運べばいいんじゃないかという事だった。

シルは小さくて軽いので、レベル17になった俺であれば、お姫様抱っこしても、余裕《よゆう》で走れた。

「ご主人様、恥《は》ずかしいです……」

「いや、大丈夫だって。誰《だれ》も見てないし、『鉄壁の乙女』も発動したままだし、やったな！」

「ご主人様がそんなに喜んでくれるなら、我慢《がまん》します」

敵はシルバーオークだったが、目前まで迫《せま》ってからシルをその場に下ろして、ルシェを再召喚する。

「なんでわたしだけカードに戻すんだよ」

「いや、お前走るの遅《おそ》そうだし、ゆっくり走ってると『鉄壁の乙女』の効果が切れちゃうだろ」

「ふざけるな！　わたしも走るのは得意だぞ！」

「いや、普通《ふつう》に考えて遅そうだから」

「う〜っ。それじゃあ、わたしはおんぶしてくれればいいだろ」

「シルを抱《だ》っこして、ルシェをおんぶって、それはさすがに無理だろ。どう考えても戦えそうにない」

「いや、そこはなんとかしろよ！」

いやなんともならないだろ。

「とにかくルシェ、あっちの二体を頼む。俺は正面のやつを狙うから」

『プシュ』　『プシュ』

やはり『鉄壁の乙女』の中から至近距離で狙えると楽だ。おかげであっさりとシルバーオークを片付ける事に成功した。

ルシェも問題なく残りの二体を消滅させている。

さっきまで苦戦した相手を知恵《ちえ》と努力で凌駕《りょうが》する。俺は確実に成長している。

これからも知恵と努力を欠かさず探索を続けていこう。

今度はリザードマン三体が現れたので交戦しているが、複数同時に相手はできないので、二体はシルとルシェに任せて自分のやるべきことに集中する。

一番に攻撃をくらわない事、とにかく距離感と危なくなったら避けるか逃《に》げる。

それだけを徹底《てってい》しながら相手の空振《からぶ》りを見計らって魔氷剣で斬りつける。なかなか動く相手に深手を負わすことはできないが、魔核銃と併用《へいよう》して三手目にしてようやく倒すことができた。

横を見ると当然のようにシルとルシェがリザードマンを撃退していた。

いつものようにバルザードの使用回数が五回に達したので魔核を吸収させると、その瞬間バルザードが赤い光を発して激しく明滅《めいめつ》を繰《く》り返す。

「おわっ！　いったいどうしたんだ！　何が起こってるんだ？」

驚いて思わず手を放してしまったが、しばらくして光の明滅が収まると、なんと今までステーキナイフほどだったバルザードが大きめのサバイバルナイフくらいの大きさに変化している。

「こ、これって」

まさかの光景に一瞬《いっしゅん》唖然《あぜん》としてしまったが、これってもしかして、魔核を吸収させて使用すると進化するのか？

ステーキナイフがサバイバルナイフに進化してしまった。

魔剣《まけん》なので魔核を吸収させると進化するのか？　刃渡《はわた》りが長くなり幅《はば》も明らかに太くなって諸刃《もろは》へとその形状を変化させている。

少し大きめのサバイバルナイフほどの大きさとなり、武器としての見た目が飛躍的《ひやくてき》に向上している。これなら戦闘で使っていても馬鹿《ばか》にされるようなことはないだろう。

モンスターの生命かなにかを吸収して進化するのか仕組みはよくわからないが、とにかく今までのミニマムサイズからサイズアップしてちょっとカッコよくなっている。もしかしたら以前日番谷《ひつがや》さんが言っていた二番目に小さい魔剣に届いたかもしれない。

見た目はともかく、性能にも変化があるのか確認したいので、すぐに一階層まで戻っていつものように性能を試《ため》すことにした。

まずはスライム相手に使用してみる。スライム相手に試してみても威力《いりょく》はもともとオーバーキル気味でよくわからない。なのでもうちょっと下の階で試してみることにしよう。

次に魔核の吸収だが、カラになったバルザードに吸収させてみると今までの三個からなんと倍の六個吸収することができた。

「これってもしかしてパワーアップしているのか？」

スライム相手に回数制限を確認してみたが、きっちり十回使用できた。回数も今までの倍だが、一回の戦闘で十回も剣を使用することはほとんどないので、飛躍的に実用性が増したことになる。

魔氷剣等も試してみて今まで通り使用できているが、やはり威力は下層に行ってみないとわからない。

次に斬撃が飛んだりしないか色々やってみたが、これはやっぱり無理だった。

とりあえず二階層まで降りて、ゴブリン相手に剣を振るってみる。少し伸《の》びて全体に大きくなったお陰で正面からでもなんとか斬り合うことができるようになった。

おそらく威力も少し上がっている気がする。同じく魔氷剣の威力も上がっている気がするが残念ながら持続時間は変わっていなかった。

だとしても、もしかするとこのバルザードって本当はすごい魔剣なんじゃないだろうか。このまま進化を続けたら、アニメのような長くてカッコいい魔剣になってしまうのかもしれない。

威力も少し増してる気がするし、そのうちなんとかストラッシュとか使えるようになるかもしれない。

最近魔核銃と並んでメインウェポンとなっているバルザードの進化は俺自身の進化にも直結しているので滅茶苦茶《めちゃくちゃ》嬉《うれ》しい。

「ご主人様、さすがです。魔剣が進化するなんて、ご主人様の凄さを物語っています。き

っとご主人様も進化されるのですね」

「前のよりは、少しはみられるようになったんじゃないか？　ステーキナイフよりはちょっとましになったな」

シルとルシェも褒《ほ》めてくれているので素直《すなお》に嬉しい。

これからもニューバルザードを片手に九階層をしっかりと探索しよう。どんどん使って魔核を吸収させ早く次の進化を促《うなが》したい。多分進化って一回だけじゃないよな。

進化したバルザードを使いたくて仕方がないのでとりあえずモンスターを物色している。

ただ進化したと言ってもまだまだミニマムなので、実戦にはほぼ魔氷剣を使うことになる。

「ご主人様、前方にモンスターが五体います。少し多いのでご注意ください」

この階層で五体出るのは初めてだが、遠距離攻撃があると厄介《やっかい》なので盾を片手に持ちながら進んでいく。かなり注意を払《はら》いながら進むが矢が飛んでくる気配はない。

近づいていくとリザードマンとでっかいゴブリン、おそらくホブゴブリンらしきのが槍と剣を持って待ち構えていた。

ちょっと数が多いので先制攻撃を敢行《かんこう》する。

「シル、ルシェ、とりあえず槍を持っている奴《やつ》を攻撃してくれ」

俺も盾を放棄《ほうき》してから

『ウォーターボール』

魔氷剣を発動させてリザードマンに対峙《たいじ》する。アニメで見た騎士《きし》とかは、器用に盾と剣を使いこなしていたが、俺ではどうしても大きい盾を持って剣を振るう事が難しいので魔核銃に持ち替える。

今まで回数制限もあり極力バルザードで攻撃を受けることはせず、回避《かいひ》に専念してきたが、使用できる回数が増えた事で、避けるだけでなく受ける動作も併用しながら戦うことにした。

もちろん剣技に自信などないので、危ない咄嗟《とっさ》の時と明確に受けることができる時だけ剣を使用し後は今まで通り距離感を保って避ける戦法だ。

リザードマンと対峙していると他の四体はシルたちにより既《すで》に消失していたので、俺はこの一体に集中する。

リザードマンが振るってくる剣を避けながら間合いをはかる。

なれない動作に恐る恐る剣を合わせる形になったが、凄い衝撃と圧力だ。

受け損《そこ》ねたらやばい。

再度立て直しながら、タイミングを見計らって、バルザードをリザードマンの剣に合わせると、先程《さきほど》同様のすごい圧力がかかったが、そのまま魔氷剣に破裂のイメージを乗せる。

『バキィーン』

その瞬間、高音の金属音を立てながらリザードマンの剣が完全に根元から粉砕《ふんさい》された。

やった。ぶっつけ本番でやってみたがうまくいった。

後は無手となったリザードマン相手に斬りつけるだけで勝負がついた。

やはり自分からの攻撃でなくとも、剣を重ねた状態からであればバルザードの特殊効果《とくしゅこうか》は発揮されるらしい。

これであれば、今後近接武器を持ったモンスターと対峙する時は武器破壊も視野に入れながら戦うことができるかもしれない。

「ご主人様、お腹《なか》が空きました。魔核をお願いします」

「わたしも二発も撃ったんだからいっぱいくれよ」

いつものおねだりに、俺は二人に適量の魔核を渡《わた》して次の敵を探すことにした。

『ヒュン』

突然矢が飛んできて後ろの地面に刺《さ》さった。

前回と全く同じシチュエーションだが、ラッキーな事に今度は俺に刺さってはいない。

「シル、『鉄壁の乙女』を頼む」

『ウォーターボール』

魔氷剣を片手に持ちながら、シルを抱っこする。

「キャッ」

「う～わたしもおんぶしてくれ～」

すかさずルシェをカードに送還して敵をめがけて猛ダッシュする。蛇行を必要としない分シルを抱っこしても以前よりスピードが出ている。

目視できる距離からさらに近づきシルを地面に立たせて、すぐさまルシェを再召喚する。

「ルシェ、右側のシルバーオークを頼む。俺は左の奴を倒す」

「う～っ、扱《あつか》いが違いすぎるだろ。わたしも抱っこかおんぶで運んでくれ！」

いや、どう考えても二人は無理だし。

俺は、そのまま左のシルバーオークに接近して斬《き》りつける。

シルバーオークが咄嗟に反応を見せ、手に持っている大型の弓で防ごうとしたので、そのまま切断のイメージを重ねて武器をぶった斬《ぎ》る。

武器のなくなったシルバーオークは普通のオークと変わらない。

殴《なぐ》りかかってきたのを大きくかわしてそのまま、十字に斬りむすんだ。

別に袈裟斬りでも良かったが、昔アニメでなんとかクロスとか言いながら、主人公が十字に斬り結《むす》ぶのをみた記憶《きおく》があったので、それを真似《まね》してみたのだが、うまくいったようだ。

当然、となりのシルバーオークはルシェに消失させられていた。

進化したバルザードを試してみたくて剣《けん》を中心にモンスターを倒したものの、本当は魔《ま》核銃《かくじゅう》で撃った方が簡単に倒せたと思う。ただ今回自己満足できたので良しとしよう。

「なんか今日はモンスターの数が多い気がするな。思ったより魔核の消耗が激しいからそろそろ戻ろうか」

「そんなこと言って魔核をケチるつもりじゃないだろうな」

「そんなんじゃないって。本当に少なくなってきてるんだ」

スライムの魔核のストックは十分にあるつもりだったが、九階層の敵に思いの外《ほか》苦戦したせいで考えていた以上に消費してしまった。

まだしばらくは大丈夫だが帰りの事を考えるとそろそろ引き返した方がいい。

「魔核がないんじゃしょうがないな。次はもっと用意しといてくれよ！」

「ああ、わかってるけどルシェも少しは遠慮《えんりょ》してくれ。いくらあっても足りなくなる」

言ってはみたもののルシェの遠慮には全く期待できないので、明日からはまた一階層でスライム狩《が》りを頑張るしかない。

ルシェがしつこく聞いて来るので、帰りの分の魔核はまだ残っていることを伝えると、帰り道でもルシェは遠慮なくスキルを使用してしっかりと魔核を要求してきた。

「ご主人様。まずいです。数えきれないぐらいの敵です。正面の奥から一斉《いっせい》にこちらに向かっています。今までにない数です。ここからでは逃げるのも間に合いません。迎えうちましょう」

えっ？　数え切れないほどのモンスター？　魚群の時もそんな言い方はしていなかった。これってやばいんじゃないのか？

「シル、とにかく『鉄壁の乙女』を頼む。ルシェ、敵が目視できたら片《かた》っ端《ぱし》から『破滅の獄炎』で焼き払え！」

しばらくすると地響《じひび》きと共にモンスターの集団がこちらに向かって押《お》し寄せてくる。

「うおっ！　いったい何体いるんだ」

モンスターが集団で駆け寄ってくる事自体が異例なので、魚群とは全く違った圧力を生んでいるが目視できるだけでもモンスターの数は五十を超《こ》えているように見える。

第一陣《じん》が『鉄壁の乙女』にぶち当たる。

その瞬間俺《しゅんかんおれ》も魔核銃を連射し始めたが、隣《となり》ではルシェも『破滅の獄炎』を発動し始めた。

前列のモンスターから順番に消失していくが、明らかにおかしい。

この階層のモンスターは総じて知能が高かったのに今押し寄せているモンスターは、知性など微塵《みじん》も感じない。

「シル！　なにが起こってるんだ？　モンスターが侵攻《しんこう》してきたのか？　まさかモンスターラッシュ？」

「ご主人様、そんな感じにも見えません。モンスターラッシュというよりこれはスタンピードではないでしょうか」

スタンピード？　確かに迫ってくるモンスターたちは目を血走らせてひたすら突進《とっしん》してくる感じだ。よく見ると目の焦点《しょうてん》が合っていない個体もいる気がする。

そもそも一直線に押し寄せてきたので、俺らが目的なのかもわからないような状態だが、今となってはもう遅い。

立ちはだかったことで確実にターゲットとして認識《にんしき》されてしまっている。

「シル、とにかく『鉄壁の乙女』だけは切らせないでくれ。防御が切れたらやられる」

「はい、大丈夫です。安心してください」

俺はシルに指示を出しながらも手を止めることなくひたすら魔核銃を撃ち続ける。

どう考えても五十発じゃ足りそうにないがとにかく撃ち続けるしかない。

「こんな雑魚《ざこ》どれだけ集まったって相手になるか！　わたしにまかせとけばいいんだ！」

ルシェを見ると『破滅の獄炎』を連発して順調に敵の数を減らしてくれているようだが、ルシェのＭＰも無尽蔵《むじんぞう》にあるわけではないので、いつかは尽きてしまう。

敵の数とパーティの残存資源と我慢比べの様相を呈《てい》しているが五十体程度ならなんとかいけるはずだ。

マガジンの三個目が尽きたので、素早《すばや》く四個目に入れ替《か》える。

ほとんどが近接状態から撃っているので、おおよそ一体を二発の弾丸《だんがん》で倒せている。現段階ですでに十体以上は倒しているはずだ。

「ルシェ、大丈夫か？　頑張ってくれ」

「誰に言ってるんだよ。余裕に決まってるだろ」

更に四個目のマガジンを交換《こうかん》して最後のマガジンを使用する頃《ころ》には、ルシェの頑張りもあり敵の数もかなり減ってきており、もう大丈夫というところまでこぎつけていた。

「最後まで気を抜かずに行くぞ」

「はい」

「当たり前だろ」

なんとか魔核銃の弾《たま》切《ぎ》れ寸前に全《すべ》ての敵を殲滅《せんめつ》することができたが、落ちている魔核を見る限りどうやら六十体近くいたようだ。一体これは何だったんだろうか？　今までにこんな事は一度もなかった。早く戻って日番谷さんに聞いてみようと考えていた瞬間だった。

「ご主人様まずいです。第二陣が来ます。先程と同数程度の敵が奥から向かって来ています」

おいおい、俺もう弾切れなんだけど。

しばらくすると、遠くから大挙して押し寄せるモンスターの足音と気配がしてきた。

これはやばい。本格的にやばい。

今までにないぐらいやばい状況《じょうきょう》だ。どうする。どうすればいい。この状況で俺に何ができる。

判断ミスが死に直結する。そんな不吉《ふきつ》な考えがよぎりながら俺は決断した。

これしかない！

俺は全速力で走って逃げることにした。ここは逃げるが勝ちだ！

第二陣？　そんなもの相手にできるわけがない。もうこれしかない。

俺は即座《そくざ》にシルとルシェをカードに送還して、全速力で逃げた。ステータスに物を言わせて全速力だ。

魔核は惜《お》しいがそんな事を言っている場合ではないのでとにかく逃げる。

絶え間なく後方からモンスターが集団で移動する音とプレッシャーを感じる。止まったら死ぬ。こんなに命がけで走ったのは生まれて初めてだろう。

この気持ちで体育祭を走っていれば、クラスのヒーローになれていたかもしれない。

息が上がる。肺が苦しい。身体中《からだじゅう》に乳酸が溜《た》まってくる。口の中に鉄分のような味が充《じゅう》満《まん》してくる。苦しい。

ただ、スピードは負けていないようで、音が遠ざかりはしないが近づいてくる気配もない。なんとか距離《きょり》を保てている。永遠にも思える時間を死ぬ気で走ってようやく八階層への階段が見えた。

ほっとしながらもスピードを緩めずに階段を一気に上りきった。

「ぜぇ、ぜぇ、ぜぇ、ぜぇ、ぜぇ」

助かった。その場に座《すわ》り込んで、呼吸を整えるべく大きく呼吸を繰り返す。

やばかった。あと少しで体力が尽きてやられるところだった。安堵《あんど》と恐怖《きょうふ》を感じながら力を抜いた瞬間、最悪の音が聞こえてきた。モンスターが階段を上る音が。

まさか……モンスターは階層を越《こ》えては来れないんじゃないのか？　階層間に見えない障壁《しょうへき》かなにかがあるんじゃないのか？

途中《とちゅう》ではじかれて通れないんじゃないのか？　希望的観測を込めて階段を凝視《ぎょうし》していたが、現れてしまった。階段の奥《おく》からリザードマンの頭が見えてしまった。

衝撃の光景に直《す》ぐには反応できない。

「あぁ……」

『ウォーターボール』

なんとか魔法《まほう》を発動させるが、時間稼《かせ》ぎにもならない。

急いでシルとルシェを再召喚する。

「シル！『鉄壁《てっぺき》の乙女《おとめ》』ルシェ！『破滅《はめつ》の獄炎《ごくえん》』」

最低限の指示を与えて階段からの敵に備える。

幸いしたのは、階段からしか敵が上がってこないので一度に相対するモンスターを限定できているのと、階段という限られたスペースにルシェの『破滅の獄炎』を発動する事で獄炎の効果が最大限に引き出されていることだ。

俺に今できる事はほとんど無いので、焦りを感じながら空になったマガジンにバレットを再装填《そうてん》するが、指がうまく動いてくれない。

通常、階層を越えてはモンスターは現れない。それが常識だった。しかし、実際に目の前に大挙して押し寄せている。おそらく、以前の恐竜《きょうりゅう》もどうにかして八階層まで階層を越えてきたに違いない。

やはりなにかが起きているんじゃないか？

このモンスター達《たち》も何かから逃げている？　もしくは何かの前触《まえぶ》れなのか？

とにかくやばい。俺一人なら確実にやられていた。

順調に敵を殲滅しているルシェの火力に安心しきっていたのだが

「お、おい。ちょっとやばいぞ。ＭＰが無くなる」

「え⁉」

たしかにルシェのＭＰは１００を超えているがこれだけ連発すればＭＰが枯渇《こかつ》してもおかしくはない。ただ、そんな事が実際に起こるとは夢にも思っていなかったので完全に失念していた。

「わ、わかった。ルシェ戻れ、俺とスイッチだ」

マガジンはまだ二個しか装填を終えていなかったが、この際そんな事を言っている場合ではない。

『プシュ』『プシュ』

とにかく全弾撃《う》ち尽《つ》くす。

一個目のマガジンをすぐに撃ち尽くしたので二個目のマガジンを装填する。あと十発しかないが、敵はまだ残存している。撃ちながら頭をフル回転させる。どうすればいい。どうすれば助かる。どうすれば敵を退かせる事ができる？

『カチッ』

絶望の音とともに遂《つい》に全弾尽きた。

覚悟《かくご》を決める時が来た。エリアボスや天敵ゴブリンを退けた時と同じかそれ以上のプレッシャーを感じながらも、絶対に生き残る決意を固める。まだ見ぬ春香《はるか》とのキャンパスライフの為《ため》にも絶対に死ねない。

『ウォーターボール』

バルザードに氷の刃《やいば》を纏《まと》わせてから

「ウォオーオオー！」

腹の底から雄叫《おたけ》びを上げて恐怖を振《ふ》り払いモンスターに向けて突っ込んでいった。

敵はまだまだ数が多いので手数はかけられない。

無駄撃《むだう》ちできないので、とにかくリスクを冒《おか》して敵の懐《ふところ》に飛び込んでから確実に斬る。

避け過ぎても数の力に飲まれてしまうので極限まで集中して最小限の回避に努める。

何度か敵の武器が体を掠《かす》めるが、カーボンナノチューブのスーツを信じ、痛みは押し殺して動き続ける。

連続で四体倒《たお》したが、まだまだ敵の数が減った様子はなく先が見えない。

「シル、『鉄壁の乙女』が切れたら『神の雷撃《らいげき》』で敵を殲滅してくれ」

俺は、そのまま敵に向かい合い、斬り込むが敵の後方から矢が飛んできて俺の腹部に命中した。

「グウゥウオォオ〜！」

焼けるような痛みが走って、一瞬《いっしゅん》動きが止まるが、ここで倒れたら終わりだ、死ぬ気で痛む身体を鼓舞《こぶ》して斬り結ぶ。

「ご主人様大丈夫《だいじょうぶ》ですか？　すぐにシルと交代してください」

「シルッ！　自分のタイミングで役目を果たせっ！　俺は大丈夫だから」

本当は全く大丈夫ではないが、ここでシルが特攻《とっこう》でもかけようものなら、全く戦況《せんきょう》が読めなくなってしまう。最悪全滅《ぜんめつ》だってありえる。俺はまだやれる。

痛む腹を無視して更に二体のモンスターを倒したところで
『ズガガガガーン』

シルの『神の雷撃』が発動した。

敵が散ったところで一旦《いったん》シルの後ろまで引いて、低級ポーションを一気に飲み干すと同時にバルザードに魔核を吸収させる。

腹部の痛みが引くのを待って再度うって出る。

『ウォーターボール』

背後からは、間髪《かんはつ》をいれずに『神の雷撃』が放たれているが、漏《も》れて抜《ぬ》け出してくる敵に向かっていく。シルの攻撃《こうげき》により数が減り、密度が減った分、放ち易《やす》くなったのか矢や石の飛んでくる数が増えている。

敵と斬り合いながら飛んできた矢を素早く避ける。そんな達人のような真似が俺にできるわけがない。とにかく頭にだけは当たらないよう注意するが、それ以外は無視するしかない。目の前の敵に集中しないと一瞬でやられてしまう。

逆に割り切れたせいで、妙《みょう》に頭がクリアになり先程までのように大きく立ち回ることなく無言で近づいてレイピア型をモンスターの心臓めがけて突《つ》き刺す。

極力相対するモンスターに体が隠《かく》れるように正面に立ち、素早く切られる前に突き刺す。今の俺にできる、最大限無駄《むだ》を省いた動作を繰り返す。

「グゥッ」

肩口《かたぐち》に結構な大きさの石がぶちあたる。骨にも影響《えいきょう》あるだろうが構わず攻撃を続ける。三体を片付けたところで

「ウウッ」

今度は足に矢が命中する。痛い。めちゃくちゃ痛い。スーツのおかげで刺さってはいないが痛い。我慢しているが痛みで涙《なみだ》が溢《あふ》れてくる。

足の痛みで動きが途端《とたん》悪くなり間合いに入れなくなる。

『ウォーターボール』

レイピアで牽制《けんせい》しながら『ウォーターボール』でしとめる。

更に二体片付けた所で再度シルのところまで引く。

そして最後の低級ポーションを飲み干す。さすがに二本飲むとお腹がポーションぶくれしてしまった。これで動くと横っ腹が痛くなりそうだが、とりあえずは痛みが引いた。さすが低級ポーションだが、これでもう回復アイテムは無い。このアタックで決めないと負ける。本当にこれで最後だ。

『ウォーターボール』　『ウォーターボール』

もう敵の攻撃を食《く》らったら立て直せないので、MPを最後の一発分だけ残して距離を置いた状態から魔法を連発する。

シルの『神の雷撃』の威力は十分に発揮されており、さすがに数がまばらになってきている。

『ウォーターボール』

最後の一発でバルザードに再び氷の刃を纏わせて、敵に向かって突き進《すす》む。後二十秒、十発が俺に残された猶予《ゆうよ》だ。手間取っている時間はない。

最短距離で敵までたどり着き突き刺す。受ける時間が勿体無《もったいな》いのでとにかく突き刺す。

再び腕《うで》に痛みが走る。ジャガーマンの剣戟《けんげき》を左腕《ひだりうで》に食らってしまった。完全に折れてしまったようだが、相手は生きた知能を持つモンスターだ。攻撃ぐらいくらう事もあるに決まっている。アニメの主人公みたいに俺の攻撃だけが一方的に当たる事なんてありえない。

まだいける。俺は右手に構えた魔氷剣《まひょうけん》を構えて突き刺す。まだ大丈夫だ。

生き残るために、死ぬ気でもがいてやる。もう左手は使えないが、右手と両足は健在なので、魔氷剣で敵を殲滅すべくもがいている。

ジャガーマンを含《ふく》め何体倒したかははっきりしないが、倒した数より敵の残数が気になる。

シルの攻撃も、すでにかなりの回数が展開されているので、ルシェのようにいつMPが尽きてもおかしくない。

MPが尽きた状態のルシェの戦闘力《せんとうりょく》は不明だが、そんな状態になったら戦わす事はできない。

俺一人でも戦う覚悟はすでに決まっている。

いざとなったら、シルとルシェのカードを持って死ぬまで逃げてやる。

無駄の無い攻撃を意識して、ホブゴブリンの心臓をめがけて刺突する。

おそらくあと数回、あと数秒で魔氷剣の効果が切れる。

なんとも言い様のない焦燥感《しょうそう》を覚えながらも、一方で冷静に頭と身体を動かす自分がいた。

シルバーオークに剣を突き刺し爆散させた時点でついに氷の刃が解けた。

再度シルのところまで戻《もど》って、バルザードに最後の魔核《まかく》を吸収させる。

「シル、大丈夫か？　無理になったらすぐ言えよ」

「ご主人様、心配はいりません。この程度のモンスターなどに負けることなどあり得ません」

俺を安心させる為か強気の発言だが実際には結構きついはずだ。

武器はバルザードしかもう無い。バレットを再装填する時間もない。スライムの魔核も尽きた。殺虫剤《さっちゅうざい》はあるが効果は望めない。何か無いのか？　リュックの中に何かなかったか？

必死で頭を働かせた結果思い当たるものがひとつだけあった。効果は不明だが、ひとつだけ、いや二缶《かん》だけ残されていた。

最臭兵器シュールストラーダの缶が二缶残っている。

以前、三階層で使用して、そのままになっていた俺の奥の手《て》。

ヘルハウンドには劇的な効果をあげた。九階層のモンスターにも効くかどうかわからないがやってみる価値はある。

一つ目の缶を一気に開封《かいふう》してモンスターめがけて投げつける。上手《うま》く命中して周囲に散乱する。俺は息を止めてバルザードを握《にぎ》りしめて様子を窺《うかが》う。

「グギョン、グウウルルー、ウギョル」

効いた。命中した一体だけでなく周囲のモンスターにも効果を発揮しその場で暴れている。

今しかない！　息を止めた状態のまま全速力でモンスターの中に突っ込んでいきバルザードでとどめを刺して回る。

大きく注意を削《そ》がれたモンスターはあっさりとバルザードの餌食《えじき》となってくれた。

更《さら》に最後の一缶を開封してモンスターに向けて投げ込む。

口で呼吸をしてから再度息を止めて暴れるモンスターを更にしとめる。

シュールストラーダの効果は劇的で二缶で六体をしとめることができた。

さすがにもう何もないが、階段の奥を見ると敵はあと七体にまで減っていた。

気がつくとシルの『神の雷撃』も止《や》んでいるのでＭＰが尽きたのだろう。

俺のバルザードの使用制限はあと四回、かなり厳しいがやるしかない。

バルザードを構えてモンスターに突っ込んでいく俺の脇《わき》をすごいスピードで何かが追い抜いていき、そのまま先頭のモンスターを串刺《くしざ》しにしてしまった。

「シル、お前……」

「ご主人様、ルシェも再召喚《しょうかん》してください」

「え、でもＭＰが」

「大丈夫です。早く召喚してください」

言われるままに
「ルシェリア召喚」

「ルシェ、私と一緒《いっしょ》に敵を殲滅するのです」

「ああ、わかってるよ」

そう言うとルシェも猛《もう》スピードでモンスターのところまで向かって行き、持っている魔《ま》杖《じょう》でモンスターをぶっ叩《たた》いたと思ったらモンスターは吹《ふ》き飛ばされて消滅《しょうめつ》してしまった。

「はは。ルシェお前もか……」

俺も参戦しようと前に出たが、それより速いスピードでシルとルシェが次々に敵を殲滅していき、結局二人で残りの五体を倒してしまった。

「助かった……のか？　助かったんだよな」

「ご主人様、早く地上に戻って治療《ちりょう》してください。ただ、その前に……」

「魔核くれよ。お腹が空いて倒れそうだ」

ああ、それはそうか。二人ともＭＰが空になるほど戦ったんだ。当たり前か。でも一体何個必要なんだ。

とりあえず、その場に散らばっている魔核を拾って渡してみた。

「ご主人様、申し上げにくいのですが……」

「こんなんじゃ全然足りないんだよ。言わせるなよな」

ああやっぱり足りなかった。俺は周囲に散乱している魔核をかき集めて再びシルとルシェに渡した。

「おい、下の階に置いてきた魔核とってこようぜ。もったいないだろ」

「え？　でも消耗《しょうもう》してるし危ないだろ」

「腹が一杯《いっぱい》になったから大丈夫だって。なあシル」

「ええ。せっかくだから回収してから帰りましょう。ご主人様の盾《たて》も放棄してきましたし」

俺としてはすぐにでも帰りたかったが、今回の戦闘《せんとう》でスライムの魔核も全て使い果たし、バレットもかなり消費した。先立つ物がなければ探索《たんさく》も厳しくなるので、気力を振り絞《しぼ》り九階層に戻って魔核と盾を拾ってから地上を目指すことにした。

エピローグ

俺は今我慢《がまん》している。

昨日のモンスターの大群を退けてからすぐに低級ポーションを買いに行きたかったが、遅《おそ》くなってしまい、地上に戻った時にはすでにダンジョンマーケットは閉店している時間だった。

おまけに今日は金曜日で学校がある。おそらくリザードマンの一撃《いちげき》を食らってしまった左腕は骨折している。してはいるが、受験生の俺は授業を休むわけにはいかないので、放課後まで我慢することに決めた。

なんとしても王華《おうか》学院に受かるべく授業は欠かせない。

ただ痛い。授業への集中を妨《さまた》げるほどに痛い。

救いは体育の授業がない事だろう。

「海斗《かいと》、今日のお前なんかおかしくないか？　全然喋《しゃべ》らないし、顔色もちょっと悪い気がするけど」

「ああ真司《しんじ》、鋭《するど》いな。ちょっと腕が折れたんだ」

「はっ？　ちょっと腕が折れたって、どういう意味だよ」

「いや、多分左腕が折れてる」

「折れてるって、病院はどうした」

「放課後に低級ポーション飲んで治すから大丈夫《だいじょうぶ》だ」

「お前、それ大丈夫じゃないだろ。ちょっと腕が折れたって、骨折はちょっとじゃないぞ、重傷《じゅうしょう》だ。しかも大丈夫って、お前今大丈夫じゃないだろ」

「まあなんとか我慢できるから」

「我慢の問題か？　なんかお前感覚がおかしくなってないか？　前は転んであざ作っただけで折れた、折れたって騒《さわ》いでたのに、おかしくなったのか？　本当に大丈夫か？」

「いや、だから大丈夫だって」

「う～ん。わかった」

その後なんとか授業を六時間目まで受け切って、帰ろうとすると春香《はるか》が声をかけてきて
「海斗大丈夫なの？　真司くんから付き添《そ》ってくれって頼《たの》まれたんだけどね。腕が折れてるって本当なの？」

「ああ、多分。でも大丈夫、低級ポーションを飲めばすぐ治るから」

「大丈夫な訳ないでしょ。すぐ買いに行きましょう。どうして今日休まなかったの」

「いや、授業休めないと思って」

「そのぐらい、言ってくれればノートとかいくらでも貸してあげるから、今度もし同じことがあったら絶対言ってね」

あれ？　なんか肌寒《はださむ》い。でもやっぱり春香は天使だな。真司も余計なお世話をありがとう。

「ああ、ありがとう。今度なにかあった時はお願いするよ」

そのまま、ダンジョンマーケットに直行して速攻《そっこう》で低級ポーションを購入《こうにゅう》して、その場で飲み干した。

やっぱり低級ポーションは最高だな。

しばらくすると左腕の痛みがなくなったので骨が修復したのだろう。

落ち着いてきたので、そのままおっさんの店に行って
「すいません。マガジン五個とバレット三百個ください」

「お～坊主《ぼうず》か。最近魔核銃の売れ行きが急に伸《の》びてるんだよな」

「ああ、それ多分、買っていったの俺のパーティメンバーです」

「パーティメンバーって、お前、買って行ったのは全員女……」

昨日の件で疲《つか》れたのだろうか、なにやら得体の知れないフォースを感じる。以前感じた雪原系ではなく、どちらかというと砂漠《さばく》だろうか？　空気がカラカラに乾《かわ》いているような錯覚《さっかく》を覚える。

「あッ、ああ、女、そう、年配のおばさんとそういえば坊主ぐらいの男も買っていったな。いや最近忙《いそが》しくて、物覚えが悪くなっちまってな。ははは」

なぜかおっさんがあたふたしているが、大丈夫なのか？　このおっさん。

「メンバーは安く売ってもらったみたいなんですけど、俺も安くしてもらえませんか？」

「それは在庫処分だったからだぜ。世の中需要《じゆよう》と供給だからな、買う人が増えれば、値引きは減るもんだぜ」

「おじさん、なんとか安くならないかな。お願い。ねっ」

「お嬢《じょう》ちゃんに頼まれたら仕方ねえな。それじゃあバレット百個はおまけしてやるよ」

おい、おっさん。気持ちはわかるが、春香と俺への対応の違《ちが》いはなんだよ。

「ありがとうございます。じゃあそれでお願いします」

俺は代金を払《はら》ってから、ギルドに行くために、春香とはこの場で別れることにした。

「おまけしてくれてよかったね」

「ああ、助かったよ。また買い物の時お願いするかもしれないけどいいかな」

「うん、いつでも言ってくれれば大丈夫だよ」

ああやっぱり、天使がここにいる。

春香に一緒に来てもらって本当に良かった。

ただ、今回、思った以上に出費がかさんだので、手に入れた魔核をしっかり買い取ってもらう必要がある。

あとがき

モブから始まる探索英雄譚1の発売からわずか二カ月で2巻の発売となりました。この本を手に取ってくれた読者の方のおかげです。本当にありがとうございます。

この2巻のモンスターには筆者の個人的な趣味趣向が色濃く反映されています。今回、カバ型モンスタ？の大群が登場しますが、これは筆者が以前ケニアに訪れて、実際に目撃したシーンです。地上を走り、大群で暴れまわる、動物園ののんびりした姿とはかけ離れた荒々しいカバの姿に衝撃を受けました。

ドローンを食べてしまうワニもオーストラリアの湖で、数十頭のクロコダイルに囲まれたことがあり、そのうちの一頭に襲われかけた出来事にインスピレーションを得て登場させました。読者の方にも日常では味わえないような冒険と成長体験をモブからの世界で、海斗と一緒になって体験していただけると嬉しいです。

二巻の発売に携わったすべての方と、再びモブからを手に取ってくれた読者の方ありがとうございます。また次回モブからの世界でお会いできることを楽しみにしています。

HJ文庫
953
http://www.hobbyjapan.co.jp/hjbunko/

モブから始まる探索英雄譚2

2021年9月1日　初版発行

著者――海翔

発行者―松下大介
発行所―株式会社ホビージャパン

〒151-0053
東京都渋谷区代々木2-15-8
電話　03(5304)7604（編集）
　　　03(5304)9112（営業）

印刷所――大日本印刷株式会社

装丁――BELL'S GRAPHICS／株式会社エストール

Printed in Japan

ISBN978-4-7986-2580-5　C0193